執拗な胸への愛撫と、下に触れてもらえないもどかしさに、身体が疼く。
「あ……」
受ける愛撫に力が抜けてゆく。
体温がどんどん上がって、身体が溶けてしまいそう。

# 転生したら軍人王の王妃になってました! やりなおし王女の逆転新婚生活

火崎 勇

Vanilla文庫

# 転生したら軍人王の王妃になってました！
## やりなおし王女の逆転新婚生活

目次

イラスト／Ciel

「憐《あわ》れなものだ」

誰かの声が響いた。

私、誰かに憐れまれてる？

どうして？

「贅沢《ぜいたく》をして引きこもった最期《さいご》がこれか」

贅沢なんかしたかしら？

「陛下、どうかお側《そば》に……」

別の、今度は女性の声。

「医師がいればよいだろう。私がいても何もならん」

答えるのはさっき私を憐れんだ男の人の声だ。

私……、この声を知っているわ。

「陛下！」

陛下？　陛下ということは、王様？　皇帝？

陛下……。

頭の中に一人の顔が浮かぶ。

冷たい目をした恐ろしく綺麗《きれい》な顔をした男の顔が。

彼は、私を見下ろしていた。青い瞳が綺麗だわ、と思った。黒髪に映えて、まるでサファイアのようだと。

あれは誰だったのかしら？

ぼんやりと、頭の中に霞《かすみ》みがかかっている。

まるで霧の中の森を彷徨《さまよ》っているような感じだわ。

一カ所、霧の晴れた場所を見つけると、そこには美しい部屋とにこやかに微笑《ほほえ》む侍女の姿があった。

ああ、そうだわ。今聞いた女性の声は彼女だわ。

私の乳母の娘で、二つ年上のリンナ。彼女は幼い頃から私の側にいてくれた。まるで姉妹のように育ったのだ。

そう、私はラドラスの公女として生まれた、フィリーナ・ルクセリアだ。

ラドラスは大国レアリアの属国だった。元は北の隣国との国境を守るために据えられた公爵家だったのだが、何代も前の王女が降嫁することになり、時の王が公国として体裁を調《ととの》えたのだ。

ラドラスは北の端、貧しい土地と言われていたので、せめて家臣に下げ渡すのではなく、国の体裁を持ったところへ嫁がせたということにするために。

確かに、昔のラドラスは貧しい国だったらしい。

王都からラドラスへ向かう途中には険しい山があり、山を登るほど雪深く貧しくなるため、ラドラス自体もそんな国だと思われていた。

けれど、嫁いで来た王女は賢妃だった。

本国のレアリアとの繋《つな》がりよりも、北の隣国との繋がりを深め、貿易に勤《いそ》しみ、更に北にある国でも育つ寒さに強い植物を植え、農業も盛んにした。

なので、私が生まれた時には、ラドラスはとても豊かな国だった。

私はそこで両親や兄達に愛されて育った。大切にされ、おとなしく柔順な姫と言われていた。本当は少しお転婆《てんば》なところもあったのだけれど。

そんな私に、婚姻の話が届いたのは突然のことだった。

今まで没交渉だった本国レアリアの王家から、姫を嫁に出せと命じられたのだ。

そうだわ、私を見下ろしていたあのサファイアの目をしていた男性は、レアリアの王にして私の夫となった、アレウス・エル・オエルシオン陛下だわ。

思い出すと、またスーッと霧が晴れて別の記憶が浮かび上がる。

両親は私を嫁がせることに反対していた。

レアリアは数年前に飢饉《ききん》に襲われた。

レアリアのタスラー王は農業改革や周辺国に助けを求める代わりに、実り豊かだった南の隣国に攻め入ったのだ。

戦争だ。

けれど、自尊心が高く、女色に耽《ふけ》り、粗暴で短慮な王と言われたタスラー王が戦いに勝つはずもなく、戦いは長引き、レアリアは益々《ますます》疲弊してしまった。

そして王自身が病に倒れ、亡くなった。

不思議なことに、飢饉の時の援助要請も、戦争時の援軍要請もレアリアから求められることはなかった。

お陰で、ラドラスは無傷のまま安泰だった。

タスラー王が亡くなると、第一王子のアンセム様が王に立った。

この方は思慮深く、戦いを望まない方だった。

なので、すぐに隣国への賠償金を払ってでも戦争を終結させた。レアリアの飢饉は収まりつつあったが、上乗せで戦争の賠償金が国庫を圧迫し、アンセム王はそれらに対処している間に身体を壊して亡くなられた。

確か、一年ほどの在位だったのではないだろうか？

次に王位を継いだのが、アンセム王の弟であるアレウス陛下だった。

アレウス陛下はタスラー王の時代に一騎士として戦場に立ち、負け戦の続くラドラスにとって数少ない勝利を上げる勇猛な方だった。

そのせいで、相手国から業火の死神と呼ばれていたとも聞く。

けれど彼は意外にも、兄であるアンセム王の国政を引き継ぎ、戦争の道は選ばず内政に軸足を置いていた。

それを聞いていたから、私は結婚の話が出た時に頷《うなず》いたのだ。

アレウス陛下も、きっと穏やかな方に違いないと。

ただ、アレウス王には瑕疵《かし》と呼ばれるものがあった。

出自だ。

彼の母親は平民の出だった。

国内の豪商の娘で、タスラー王は彼女の実家の財産目当てで彼女を妾妃《しょうひ》として娶《めと》ったと言われていた。

ちなみに、アンセム王の母親である正妃も、財力のある貴族の娘だったと聞く。

タスラー王は、足りない金を女性を娶ることで手に入れようとしていたのだろう。

平民の血が入った王。それは大国レアリアにとって認められるものではなかった。とはいえ、傾いた国を背負える正当な王家の血筋はもうアレウス陛下しかいない。

そこで重臣達が考えたのは、正当な王家の血を引くもう一つの家のことだ。

ラドラスは元々王家筋の公爵家、しかも王女が嫁いでいる。間の婚姻も当然貴族とのものばかりで平民の血は入っていない。

薄まった王家の血を戻すためにはラドラスの姫は格好の花嫁だ。

父や兄は、その申し出に腹を立てていた。

「今まで何一つしてこなかったのに、娘を血のためだけに差し出せと言うのか！」

「フィリーナは道具ではない！」

けれど私は頷いた。

アレウス様はきっとよい人に違いない。

多少の苦労はしても、きっと二人で国を立て直せる。

それに、送られた肖像画のお姿も素敵だったし。

けれど、父は反対した。

「そんなに我が娘を求めるならば相応の対価を払え」

と言ったのだ。

父としては、レアリアにそんなものは出せないだろう。出せないならば私を渡さなくていいという考えだったに違いない。

けれど、レアリアは父の要求を呑《の》んだ。

それほど、王家の血にこだわっていたのだ。

「支度金はこのまま手をつけずに取っておく。もしもお前が戻りたくなったなら、これを突き返して迎えに行こう」

父はそう言って私を送り出した。

きっと幸せになれる。

夫婦二人で力を合わせれば何とかなる。

そう思って嫁いだ私を待っていたのは、描いていたものとは違う未来だった。

また霧が晴れて、結婚の日が思い浮かぶ。

式の当日までお目にかかることのできなかったアレウス様と顔を合わせたのは、式場である大聖堂の中だった。

そこで、私はあの冷たい目に射竦《いすく》められたのだ。

愛情も、敬意も、好意すらカケラもない冷たい目。

誓いの言葉の時だけ、「誓う」と短く答えただけで、後は一言も発しなかった彼。

緊張と期待で迎えた初夜の寝室でも、彼は冷たかった。

「この結婚は家臣達の意向であり、単なる政略結婚だ。私はお前にかける時間もない。王妃宮としてここは調えた。ここで好きに暮らすがいい」

ベッドに近寄ることもなく、戸口でそれだけ言って彼は退室した。

以来、彼は王妃宮を訪れることはない。

私が本宮に出向くことも禁じられた。

私と彼が顔を合わせるのは、公式な行事と必要不可欠なパーティに出席する時だけ。

それでも、私はまだ信じていた。

政略結婚なのは事実。それを口に出したのは正直な方だからだわ。私が真摯に真心を捧《ささ》げていれば、いつか理解し合えるはずだわ、と。

けれど……。

喉が痛い。

胸が苦しい。

思い出してゆく度に、頭の中の霧が薄くなってゆく。

いつかは、と思っている私に彼からの届け物だというお茶が届いて喜んだ。

彼から貰《もら》う初めての贈り物。

侍女が淹《い》れてくれたお茶を飲んだ私は、強く苦みを感じた。知らない銘柄のお茶だからかしら、侍女がお茶を出し過ぎて渋みが出たのかしらと思いながら、一口飲み下した。

途端、喉が痛み、思わず吐き出してしまった。

あれは……、毒だったのだろうか？

遠のく意識の中で、リンナが私の名を呼ぶのが聞こえた。

侍女達の悲鳴も。

私……。

死ぬのだわ。

人は死ぬ前に走馬灯のように過去を思い出すというもの。

今までのことを全て思い出して、遠い世界へ旅立つのだわ。

では最後に残ったあの濃い霧の場所にはどんな思い出があるのだろう。

私は目を凝らしてじっとその霧の中を覗《のぞ》き込《こ》んだ。

見たこともない執務室。

黒い髪の人間が集まり、忙しくデスクに向かっている。

ここはどこだろう？　こんな場所は記憶にない。

更にじっと見つめていると、一人の女性が私に何かを話しかけてきた。

私は荷物を小さな鞄《かばん》に詰めて立ち上がり、手を上げて彼女に挨拶するとその場から立ち去った。

神殿のように無機質で美しい建物の中を歩き、小さな箱に入る。自動で閉まった扉が再び開くと、別の場所に通じていた。

綺麗だわ。

天井がとても高くて、歪《ゆが》みのないガラスが天井まで続いている。

扉もガラスだった。

私が前に立つと、勝手に開く。

ここは……、天上の世界かしら？

記憶を全て巡って、新しい世界に踏み入ったのかしら？

私は石碑のような建物が並ぶ街の中を進み、馬のない小さな馬車に乗り込んだ。

次に見えたのは、白い服を着た中年の紳士の前だった。

彼は何かを私に説明していた。

「良くて一年、悪ければ半年かと。すぐにご家族に連絡をとってください」

そうだわ、医師は最後にそう言ったのだわ。

入院？　手術？

半年とか一年って、『悪化する』じゃなくて『死ぬ』ってこと？　でも怖くてその真偽は確かめられなかった。

その日まで、私は病院のお世話になったこともないくらい健康体だったから。

小学校のマラソン大会では二位になったたし、大学の時はテニス部でレギュラーだった。

そんな私が余命宣告？

信じられなかった。受け入れられなかった。

嘘《うそ》でしょう？　という言葉が頭の中をぐるぐると回っていた。

混乱し、ぼんやりしながら歩いていた私は、駅で電車を待っている時、誰かにドンとぶつかられた。

「ボーッと突っ立ってんじゃ……、危ない！」

いつもなら、ちゃんと踏みとどまっただろう。けれどその時は茫然自失《ぼうぜんじしつ》で病気のことばかり考えていたから、押されるままに前へ出てしまった。

あ、マズイと思った時には右足がホームの外に出ていて、どうしてここはまだホームドアがないんだろうと思った瞬間、全身が弾けるように痛んだ。

……私、死ぬんだ。

轢死《れきし》って一番悲惨な死に方じゃなかったっけ？

電車、急行？　各駅？

目が見えない。

え……？　電車って何？

私は何を見ているの？

私は王妃フィリーナ・エル・オエルシオン。

嫁いでから公務以外、王妃宮を出ることのない生活をしていたはずではないの？

いいえ、私は西脇葵《にしわきあおい》。

大学を卒業して商社に入社し、営業部で女性ながらも認められて最前線で働いていた。

けれど病気を知った日に、事故で命を失った。

痛い。

痛い。

全身が痛い。

死にたくない。

痛い。

気持ち悪い。

胸が、喉が、焼けるように痛い。

『私、死ぬのだわ』

頭の中で言葉が重なる。

『死にたくない』

私と私の声が重なって一つになる。

『死にたくない』

そうか……、死に瀕《ひん》して私は前世の自分を思い出したのだわ。

あの時と同じ思いが、頭の片隅に残っていた前世の記憶を呼び起こしたのだわ。

あの時は、逃れようのない死に捕まって命を手放してしまった。けれど今度はまだ私には残るものがある。

全ての霧が晴れた深い森の中で、私は一筋の光を見た。

あそこへ行けば、きっと死から逃れられると直感的に思った。

喉は痛むし身体は重たいけれど、私は必死にそちらへ向かって走りだした。
私はまだ生きていたい。
まだ彼とやり直せると信じたい。
やり直せないならば、自分の力で何かを成し遂げたい。
まだまだ私にはできることがあるはず。
だって私は『働いて』いた。一人で生きていた。その記憶を手に入れた。
『死にたくない』という二人分の気持ちがある。
だから、生き返るのよ。
頭の中で、『私』の声が聞こえた気がした。
『私の分も有意義な人生を送って』
もう一度、生きる意味を探しましょうと……。

重い瞼《まぶた》を開くと、光に満ちた部屋の眩《まぶ》しさに目が痛み再び目を閉じる。
痛むのは目だけではない、喉も、胸も痛い。
視界に映るのは私の寝室だ。

……生きている。

今度は生き返った。

安堵《あんど》して、思わず『ふふっ』と笑ったつもりだったけれど、喉から出たのは呻《うめ》くような声だった。

「王妃様?」

リンナの声だわ。

「リ……」

その名を呼ぼうとしたが、声が出ない。

「先生！　王妃様が！」

リンナらしからぬ大きな声ね。

光を入れぬように薄く目を開け、もう大丈夫よ、と言おうとしたけれど伝える前に彼女の姿は老齢の医師に替わった。

皺《しわ》のある指が伸びて、私の瞼や頬《ほお》に触れる。

「アレウス陛下、王妃様の意識が戻られたようです」

「ではもう問題はないな。後は任せる」

「お顔をご覧にならないのですか?」

「化粧もしていない顔を見られるのは本人も不本意だろう」

「しかし……」

「今日にも死ぬかも知れぬというから来ただけだ。生き返るのならば残る意味はない。後はお前の仕事だ」

アレウス……。

あの人が来ているの？

身体を起こそうとしたけれど、僅かに指の先が動くだけ。そうこうしている間に、扉が開き、閉まる気配があった。

出て行った……？

彼を見ようとはっきりと目を開けると視界には赤毛の女性の顔が。

ああ、リンナ。

そんなに泣かないで。私はちゃんと戻ってきたわ。

「……リ……ンナ」

やっと声が出る。

「はい、リンナでございます」

涙でぼろぼろの顔に笑みが浮かぶ。

「王妃様、大丈夫ですか？　どこか痛みますか？」

彼女の横で、眼鏡をかけた老齢の医師が声を掛ける。

「私の言葉がわかりましたら、右手を挙げていただけますか？」

　私は力を込め、ゆっくりと右手を挙げた。僅かにベッドから浮き上がった手は、すぐにぽとりと落ちてしまった。

　けれど医師はそれで満足だったようだ。

「ああ、大丈夫なようですな。ですがもう少しお休みになった方がよろしいでしょう」

「先生、ありがとうございます」

「何かありましたら、またお呼びください」

「もう行かれるのですか？」

「意識が戻れば解毒が終わったということです。私のすることはございません。後はゆっくりと休んで養生なさることが一番の治療です。ご心配ならば痛み止めを届けましょう」

「……わかりました。ありがとうございます」

　二人の会話を聞きながら、私はもう大丈夫なのだと実感した。

　医師も出て行き、部屋が静かになる。

　リンナは傍らの椅子に腰掛け、私の手を強く握った。

「フィリーナ様、私が付いておりますわ」

　彼女の言葉には、『アレウスがいなくても医師が立ち去っても』と言う意味が含まれている気がした。

そうね。

ずっと私の側にはリンナがいたわ。

リンナしかいなかったわ。

「平気……」

少ししゃがれた自分の声。

「もう……、大丈夫よ……」

細く、消え入りそうな声だけれど、彼女は嬉《うれ》しそうに頷いた。

「ええ。すぐに元気になられますわ。どうぞお気持ちをしっかりお持ちください」

「水を……」

と言うと、彼女はすぐに吸い飲みを取って私の唇に当てた。

清涼な水が喉を流れてゆく。

気持ちはすっきりしたが、まだ喉は痛んだ。

「……私。生まれ変わったのよ、リンナ」

潤ったお陰でさっきより滑らかに言葉が出た。まだ声量は戻らないけれど。

「生まれ変わった？」

「ええ。これからは……、やりたいことを全部やるわ。何をやったらいいのかまだわからないけれど」

「然様《さよう》ですか。ええ、何でもなさいませ。どんなことでもお手伝いいたしますわ。でも今はもう少しお休みください」

「そうね……。もう少し森を歩いてみないと。きっともっと彼女のことを知れば、やりたいこともわかる気がするの」

「森……ですか？　彼女とはどなたの……？」

説明してあげたかったけれど、瞼が重たくなってまた私は目を閉じた。

リンナはもう問いかけることなく、私の手を布団の中にしまい、そっと髪を撫《な》でた。

「おやすみなさいませ。お話はお元気になられてからお聞きしますわ」

二人きりだから、彼女は私を『王妃様』ではなく名前で呼んだ。その響きに安堵して急速に眠気に捕らわれ、私は再び目を閉じた。

この眠りの中で、もう一度あの記憶の森を彷徨ってみようと思いながら……。


私が初めてレアリアの方を見たのは、まだ社交界にデビューする前だった。

今まで全く使者など送ってきたこともないレアリアから外交と称して人が送られてきた時だった。

私は公女としてご挨拶をしただけだったけれど、厳《いか》めしい顔の老人はとても不機嫌そうに見えた。

レアリアの飢饉の話は聞いていた。

だからてっきり支援をと言われるのだろうと兄達は話していた。

だが結果は、属国の様子を見に来ただけだということで、使者殿はすぐに帰って行ったそうだ。

何をしに来たのかわからない使者の後、国防を理由にレアリアの貴族は我が国を訪れることはなくなり、やがて戦争が始まった。

今度こそ、兵や食料を出せと言われるのではと危惧したが、その時も誰も来なかった。

タスラー王が亡くなりアンセム王が王位を継ぐ時も、アンセム王が亡くなりアレウス王が王位を継ぐ時も、それを知らせる書簡は届いたけれど、戴冠式に呼ばれることはなかった。

レアリアは戦争にかまけて我が国のことを忘れたようだ。

もうかかわってくれるなという意思表示ではないか。

レアリアでの公爵位があり、王家の血の混じるルクセリア家が王位争いに加わることを恐れているのではないか。

我が国に何かを要求されることを恐れているのではないか。

いずれにしても、レアリアはラドラスをばかにしていると父を怒らせた。

そこへやって来たのが私への縁談だ。

その時の使者も、老人だった。

今度は直接お話もしたけれど、彼等は無口で、終始不機嫌だったことを覚えている。

なのに、婚姻だけはどうあっても、と父に迫ったのだ。

父は大反対だった。

二人の兄も反対した。

彼等の望みがルクセリアに流れる王家の血だということを察していたので。

だから無理難題を言って退《しりぞ》けようとしたのだけれど、彼等はそれを呑んでしまった。

はっきりとした額は聞かなかったが、相当の支度金を要求したらしい。戦争補償と飢饉の後始末で支払いなどできないはずの額だったらしい。

けれど肖像画と伝え聞いた噂《うわさ》だけでアレウスに心惹《ひ》かれていた私は、喜んで嫁ぐことを決めたのだ。

幼かったのだわ。

今思うともっと嫁ぐ前にするべきことがあったように思う。

書簡を交わすなり、レアリアの国情を調べるなり。

夢を見ていたのだわ。

両親が幸福な結婚をしていたから。

私の周囲に、私に敵意を持つ者などいなかったから。

結婚式で彼が何も言わなくても、これはお式だから無言なのだと思った。

披露宴のパーティで別々にしていても、彼が何かお仕事の話をしているようだったから離れていても当然だと思った。

現実に戻されたのは、やはりあの初めての夜だろう。

ノックもなく開いた扉。

まだ夜着ではなく礼服のままだった彼。

寝室を一瞥《いちべつ》するとため息をついて最初の言葉を私に投げた。

「贅沢にまみれたお前を妻とは扱わない」

贅沢？

「この結婚は家臣達の意向であり、単なる政略結婚だ。私はお前にかける時間もない。王妃宮としてここは調えた。ここで好きに暮らすがいい」

そして去って行った。

ここでやっと私は気づいた。

この結婚は全く彼の意に添わないものだったのだと。

むしろ、勝手に進められて怒っているのだと。

後になって理解したが、私との結婚は彼にとって『お前の血は王家の血として認められない』、だから高貴な血を妻合《めあ》わせるのだと言われているようなものなのだ。

私の存在は屈辱の対象でしかなかったのだろう。

それでも、私は彼を愛そうとした。

王妃としての務めを果たそうとした。

彼に私を受け入れて欲しかった。

ラドラスから連れて来た召し使いは余分だと言われれば、子供の頃から一緒にいたリンナだけを残して他の者を返したし、出歩くなと言われれば、言われた通りにこの王妃宮でおとなしくしていた。

仕事で忙しい夫の代わりにパーティに一人で出席し、いつも美しくいることを心掛け社交的に振る舞った。

なのに彼は心を傾けるどころか相変わらず会いにも来なかったし、何故《なぜ》か城の使用人達も私に冷たかった。

恐らく王の意向を汲《く》んでのことだろう。

王に従う者を咎《とが》めるわけにはいかず、侍女が私に近づかなくても、メイドが素っ気なくても我慢した。

リンナがいれば大抵のことは何とかなったし。

少しずつでいい。

いつかみんなが心を開いてくれるのを待とう。

耐えて、待って、結果毒を飲まされてしまったのだ。

この国に、私を殺したい人間がいる。

その者は、王妃宮に入ることができる。

私が死にそうになった時に、朦朧《もうろう》とした意識の中で聞いたやっと部屋を訪れてくれた彼の言葉は私を憐れむものだった。

「憐れなものだ」

ええ、確かに私は憐れだったわ。

「贅沢をして引きこもった最期がこれか」

でも私は贅沢なんかしていない。

「医師がいればよいだろう。私がいても何もならん」

そうね。

あなたは私に何もしてくれなかった。

でも私もあなたに何かをしてとは言わなかった。

彼を恨むことはできない。

私に冷たくても、それには理由があると想像できるから。会いに来なくても忙しいからだと理解できるから。

私を見るのは嫌だったでしょう。お前では王の血に足りないと言われるようで。

私などに会うよりも、戦後復興や飢饉後の対応、戦争補償のために働くことの方が大事なのでしょう。

だから何も言わずにあなたが落ち着く日を待っていたけれど、このままでは私は何もせず、何も得られず死ぬのだとわかった。

だからもう待たない。

私は自分で考えて、自分のやりたいことをやるわ。

私の中にある前世の記憶がきっとそれを助けてくれるでしょう。

愛されて大切にされて、甘やかされて育ったかもしれないけれど、公女としての教育はしっかりと受けてきたのだもの。

「何をなさるにしても、まずはお身体を元に戻すことが先決です」

リンナの言葉は正しいわ。

まずはちゃんと考えられるように、動けるようにというところから始めないと。

「輝く白金の髪に淡い空色の瞳、美姫《びき》と名高いフィリーナ様のくたびれた姿など誰にも見せられません。お食事をしっかりとって、ゆっくりとお休みなさいませ」

「あなたもよ、リンナ。燃える赤毛に森の瞳。美しき侍女の名が廃るわ。私のために無理をしてはダメよ？」

「私のことなどよろしいのです」

「いいえ。私のためにあなたには健康でいてもらわなくては。これから沢山お仕事をお願いするから」

誰も見舞いに訪れることのない王妃宮の奥。

私達はまず体調を調えることから始めた。

医師の見立てでは、すぐに毒を吐き出したことと解毒の薬が効いたとのことで、養生が一番の薬になるだろうとのことだった。

一週間もすると、喉の痛みも完全に取れ、十日経《た》ったら私はベッドから下りて室内を歩き回れるようになった。

その報告が届いたのか、その日のうちに予告もなくアレウスが私の部屋を訪れた。


「毒は完全に消えたそうだな」

供も付けず彼が訪れたのは寝室ではなく、応接室というのか来客用の居間だった。

百合《ゆり》の意匠の広い部屋には、百合がデザインされた応接セットが置かれている。

彼はテーブルの向こう側の一人掛けの椅子に、私はこちらの長椅子に、向かい合って座っていた。

「はい、ご心配をおかけしました」

「心配などしていない」

冷たい言葉。

以前の私ならばその一言だけで沈んでいただろうが、もう揺らぐことはなかった。

この人の目に、自分が映っていないことを知っていたから。

顔を真っすぐに上げたまま、彼に向かって微笑んで見せる。

一瞬、彼は顔を顰《しか》めたが、すぐにいつもの無表情に戻った。

「医師から報告があった。もう歩けるようになったそうだな」

「はい、もうすっかり」

「それはよかった。では明後日にはパーティに出てもらう」

「え？」

パーティ？

「何を驚く。公務だ」

やっと動けるようになった女性に対する言葉ではないと、気づいていないのかしら？

「どういうことでしょう」

「王妃としての務めだ。明後日にはドナウから来客がある。その歓迎式典を行うから出席しろというのだ」

ドナウ……。

レアリアの西の隣国で、戦争をしたのとは別の国ね。

「何故今ドナウの方が？　ドナウとはどのようなお付き合いがあるのでしょうか？」

「どのような付き合いをしていようと、お前には関係のないことだ。お前に望むのはただ笑って客の相手をすることだ。もちろん、毒を飲まされたなど口に出すな」

ただ笑って客の相手をしろ、と。

それは王妃の務めではなくお飾りね。

彼にとって私は胸に飾る花と同じ程度でしかないということかしら。

「でも……」

反論しようとしたが、彼は言いたいだけ言うと立ち上がった。

「アレウス様」

「お前にしても、華やかに着飾る場所ができていいだろう」

厭味《いやみ》と軽蔑するような笑みを残して、彼は部屋を出て行ってしまった。

滞在時間は五分程度。どう考えても私の見舞いではなく、ただの連絡事項を伝えに来ただけだわ。

もう期待しないと言いながらも、わざわざ来てくれたから何か優しい言葉でもいただけるかと思っていた自分に苦笑する。

そんなこと、一度もなかったじゃない、と。

「フィリーナ様」

リンナが心配そうに声をかける。

いつもアレウスに冷たい態度を取られると涙ぐんでいた私を気遣っているのだろう。

今もこの胸には『寂しい』という気持ちは湧き上がるけれど、すぐに打ち消した。

悲しむより考えることがあるのだから。

「聞いた通りよ、リンナ。パーティに出席する準備をしなくちゃ」

「ドレスを選ばれるのですか？」

「いいえ、ドナウに関する書物を運ぶように命じて。歴史と生活習慣、文化芸術などについても書かれているものがいいわ」

ラドラスでは、来客がある時にお兄様は私を同席させていた。

公女として生まれたけれど、嫁ぐのは普通の貴族の家だろうと思っていた。

貴族に嫁げば女主人として家の管理はもちろん領民や商人、他の貴族との付き合いもあるし領地の管理をする場合もある。

なので、そのための知識はしっかり教え込まれていた。

ただ王妃は女主人とは違う。

国の管理は王が行うものだし、商人や国民と直接話をすることもない。だから他の貴族との親交である社交だけを行ってきた。

けれど他国からのお客様がいらした時に笑っているだけなんて、ラドラスでも許されなかった。

お兄様が同席させた来客との会話で、笑っているだけで何もしなかったら後で叱責されただろう。

足元を見られるな、嘗《な》められるな、侮《あなど》られるな。

それが高位の女性の務めだと。

「書物は何冊お持ちすれば？」

「ありったけよ。手に入るものは全て」

「ドレスの支度もありますので少しお時間かかりますが、よろしいでしょうか？」

「いいけれど、他の侍女やメイドに頼めばいいのじゃなくて？」

「はい……」

リンナは言いにくそうに目を伏せた。

そうだったわ。

私は国から五人の侍女を連れてきたけれど、アレウスにここにも侍女はいるから必要ないと言われて四人を返した。

選ばれた貴族の女性三人が侍女に付いたけれど、いつの間にか三人共姿を見せなくなっていたのだ。

メイドも十人ほどいたはずだけれど呼ぶまで姿を見せない。

お茶を頼むと、部屋の外までワゴンで運び、それをリンナに『はいどうぞ』と渡して終わりだった。

「リンナ、他の侍女を呼んで。すぐに、よ」

「皆様いらしてるかどうか……」

私は小さくため息をついた。

私への対応を避けていると思っていたけれど、出仕もしていないとは。

「侍従長のローベルを呼びなさい」

「はい」

リンナはすぐに出て行き、暫《しばら》くしてオールバックに眼鏡のローベルと戻ってきた。

王妃宮を司《つかさど》る侍従長だ。

「お呼びだそうで」

慇懃《いんぎん》な態度の壮年の紳士は、背筋を伸ばして私を見た。

「ローベル、私には今何人の侍女がいるのだったかしら？」

ない。

「では彼女達を全員クビにして」

「はい」

「リンナの他に三人いるのよね？」

「四名でございます」


ローベルは驚いた表情を隠さなかった。いや、わざとそういう表情を作ったのかもしれない。


「それはどういうことでございましょう？」

「私は毒入りのお茶を飲まされたの、それは知っているわね？」

「存じておりますが、口外はせぬようにと陛下から……」

「知ってるあなたと本人の私の会話ですから『口外』にはならないわ。それより、私が毒入りのお茶を飲んだというのに側付きの侍女が誰一人として謝罪にも見舞いにも来ないというのはどういうことかしら？」


彼の言葉を遮って続けると、ローベルは一つ咳払《せきばら》いをしてから返答した。

「毒はお茶の缶に入っておりました。侍女の責任ではないと思いますが？」

ローベルは私の味方ではないのね。ここにいるのは仕事だから、なのだわ。

「私は侍女が毒を仕込んだとは言っていません。ただ、侍女という役職にありながら、主人の口に入るものに注意を怠ったこと、その結果主人が毒を飲み倒れ、ベッドに伏していたのに見舞いにも訪れなかったことを言っているのです。そもそも今日彼女達は出仕しているのかしら？」

ローベルは言葉に詰まった。

いないことを知っていて黙認なのね。

「以前から彼女達は仕事を放棄し、私の身の回りの世話はリンナ一人で行っていました」

「それは王妃様が望まれたのでは？」

「私は自分の侍女に過剰な労働を強いることを望みません。そのようなことがあるわけがないでしょう。とはいえ、リンナ一人で不自由がなかったことも事実。ですから、働かない他の侍女はいらない、と言っているのです」

「しかし……」

「主の言葉に反論しますか？」

いつもはおとなしい私の強い口調に、彼は怯《ひる》んだ。

「……いいえ、仰せのままに」

「結構。では、新しく侍女を雇います。その選定は唯一私のために働いてくれていたリンナに任せます。ああ、クビにした侍女達の紹介状を持ってきて」

「辞めさせる者の、ですか？」

「同じ人から紹介されたら同じような女性が来るかもしれないでしょう？　ちゃんとチェ

ックしないと。それからメイド達にもよく言っておいて。働かない人はどんどんクビにします、と」

メイド達は貴族の令嬢として王妃のお相手をする侍女と違い、働いて収入を得る者。中には平民出身の者もいるだろう。

彼女達にとって王妃からクビを言い渡されたとなれば次の仕事に就くことも難しい。この一言できっと態度を改めるでしょう。

「かしこまりました」

「それから、ドナウに関する資料をすぐに持ってきてほしいの。歴史や生活習慣、文化芸術に今あちらで流行《はや》っているもの、何もかもを知りたいわ。あなたが持って来る資料を見て、あなたの能力を測ります」

王に柔順な王妃はやめたの。

私は私一人でも王妃として働くのよ。

そのためには強くあらねば。

「今日の夕方までには揃《そろ》うわよね？」

「はい」

「結構、では下がって」

「経理についてはいかがなさいますか？」

「経理？」

「侍女の一人であるバールモ伯爵令嬢が取り仕切っておりましたが、私が代行いたしましましょうか？　それとも、リンナ嬢に？」

大反省だわ。いくらお相手の国のやり方に任せるといっても、今まで全く目を通してこなかったなんて。

「いいえ、私が見ます。過去の帳簿も全て持ってきて。でもそれは後でもいいわ。先にドナウの資料を」

「かしこまりました。ではそのように」

部屋に入って来た時にローベルは頭を下げなかったが、退室する時は深々と頭を下げて行った。

彼は私が権力を持っていることを再認識したのだろう。

「よろしいのですか？　フィリーナ様」

「何？」

「侍女がいなくなってしまっては……」

「平気よ。あなたがいるもの。それに、自分でできることは自分でするつもりだし」

「お小さい頃とは違うのですよ？　フィリーナ様はもう王妃様なのですから」

彼女の言う通り、私は小さい頃はまあまあお転婆だったこともある。けれど公女としての教育を受けてからはおとなしくしていた。

でもそれじゃだめなのよ。

「一度死ぬほどの目に遭ったから、人生観が変わったの。これからは自分のやりたいようにやると言ったでしょう?」

リンナは少し考えてからため息をついた。

「然様ですわね。こんな状況ではおとなしく周囲の者にお任せくださいとは言えませんわ。多少お元気でした昔に戻られるのもよろしいかも」

「ありがとう、理解してくれて」

「それにしても、以前よりずっとしっかりしたように感じますわ」

それはきっと前世の記憶のせいね。

前世の私は一人で何でもやっていたもの。

着替えや掃除だけでなく、なんとお料理もしていたし、男性に命令したり反論したりもしていたのよ。

でもそんなことは言えないから、私は笑った。

「言ったでしょう?　人生観が変わったと。新しい私になったのよ」

「……お元気になっていただきたかったのは真実ですが、お元気になられ過ぎるのも考え物ですわ」

「品位は保つわ。ルクセリア公爵家の名にかけて」

「フィリーナ様はもうオエルシオン家の奥様ですよ」

キッと睨《にら》まれて苦笑する。

「あら、そうだったわね。それでは、オエルシオンの奥方として、まずはドレスを選びましょう」

私を心から思ってくれるのはリンナだけだわ、と。


鏡に映った自分の姿を見て、心の中で嘆息する。

青みがかったふんわりとした銀髪、淡い水色の瞳、アラバスターのような白い肌。国元では一目で人々を魅了すると褒められて嬉しかったけれど、アレウス様には興味すら持っていただけなかった。

人の見た目など、大して意味はないのだわ。

ほっそりとした手足に細い身体、少し痩せ過ぎかしら？　男性はふくよかな方を好むと言うし。胸はそんなに貧相ではないのだけれど。

長い睫毛《まつげ》のせいで伏し目がちに見える大きな瞳は優しげと受け取られもするが、寂しげと言われたこともある。だから皆に侮られるのだとしたら、今日はしっかりと顔を上げていないと。

襟元にビーズの刺繍《ししゅう》のある淡い水色のドレスを纏《まと》い、イヤリングとネックレスはアクセントになる大きな深い青のサファイア。

国を出る時、そんなにいらないと言うのに、お母様が持たせてくれたたくさんの宝石の中から、アレウスの瞳の色に合わせて選んだものだ。

だめね、彼のことなんて待たないと思ったのに気にはなってしまう。

いいえ、気にするのはいいのよ。期待しなければ。

「まるで水の妖精のようですわ。とてもお似合いです」

「ありがとう、リンナ」

ドレスも、新しいものを何着も作ってくれて、未《いま》だに袖を通していないものもある。

馬車何台もの嫁入り道具だったものね。

結婚式のために同行したお兄様達の荷物かと思ったら、全部私の物だったと知った時には驚いてしまった。

この部屋にあるドレッサーや花瓶や姿見も、ラドラスから持ってきたもの。新しく買ったものもあるが、あちらの城で使っていたものが多い。

だからこの部屋にいるのはとても落ち着く。

ただ、こんなに色々持たせてくださるなんて、事前に教えてくれればよかったのに。

私がもったいないと言うから黙っていたのかしら。

レアリアからの支度金は手を付けないと言っていたから、嫁入り道具は皆ラドラスのお金で揃えたのだろう。

税金の無駄遣いだわ。その分を民に回してあげればよかったのに。

そんなことを考えながらじっとしていると、リンナが最後の仕上げとばかりにティアラを頭に載せてくれた。

「さ、出来ましたわ。完璧です」

自分の仕事に満足したように、彼女は微笑んだ。

「そうね、とても素敵だわ」

本当なら、私の支度には他の侍女も付くべきなのだが、他の者はクビにしたので部屋にいるのはリンナと手伝いのメイドが二人だけ。

もっとも、クビにする前から『よくわかっているリンナ様が調えるのがよろしいですわね』とか何とか理由をつけて手伝おうとはしなかったのだけれど。

彼女達がしていたのは、他の人達がいる時に私の後ろに控えているくらいだった。私共はきちんと王妃様に仕えておりますと言わんばかりに。

他国から、しかも属国から嫁いだ王妃には頭を下げたくないのだろうと見逃していた結果が今なのだ。

反省はきりがないわね。

ノックの音がして、ローベルの声が聞こえた。

「失礼してよろしいでしょうか？」

「どうぞ」

と答えると、扉が開く。

アレウスの迎えは期待しない。いつも私を迎えに来るのは宰相のエアストだから、今日もローベルに続いてきたのは彼だ。

「これは、これは、相変わらずお美しい」

いつも思うのだけれど、金髪を綺麗に撫でつけた長身で銀縁の眼鏡のエアストはローベルと並ぶと親子のように見えるわね。

「いつものように、控室まで私がご案内させていただきます」

「今日も陛下のお迎えはないのね」

私の言葉に、エアストは少し驚いた顔をした。今までこんなこと一度も訊《き》いたことがなかったから。

「申し訳ございません。お仕事が忙しく」

申し訳ないなどと思っていないのだろう。答える顔は笑っているもの。

パーティ当日に王が何の仕事をするのか、王妃を迎えに来る僅かな時間もないのか。今までは考えもしなかった。言われた通りにすることが美徳と思っていたので。

毎回仕事を理由に迎えをエアストに任せるほど、私と顔を合わせたくないと考えるべきだったのに。

「お寂しいですか？」

「いいえ。ただこんなにも長い間、王としての務めを放棄してよろしいのかと思っただけですわ」

「王としての務めを放棄？」

「王妃のパートナーは王であるべきでしょう？」

真面目に言ったのに、エアストはまた笑った。

「もちろん、会場の中では陛下がお手を取ります。どうか通路ぐらいは我慢なさってください」

「宰相閣下の手は我慢しなければならないものではありませんわ。むしろ光栄に思わなくては。それじゃリンナ、行ってくるわね」

リンナに微笑むと、エアストの肘を取って部屋を出る。

「ドナウの使者の方の来訪目的を聞かせてくださらない？」

「王妃殿下が気に掛けることでは……」

「本当にないと思ってらっしゃる？　陛下やあなたはどうだかわからないけれど、ドナウからの客人は一国の王妃が何も知らずパーティ会場に立つような国をどう思うかしら？　レアリアではどうかわかりませんが、ラドラスでは王妃が来客の会話についていけなければ王妃は無能と思われてしまいます。そんな王妃を傍《かたわ》らに置く王も」

それは嫌でしょう？　という視線を投げかける。それを許す宰相ならあまり有能とは言えないわよ、という意味も含めて。

もちろんエアストは無能ではない。アレウスの忠実な部下として長く務められる者なのだから。

彼は私の指摘に、ちょっと間を置いてから答えてくれた。

「ドナウから来ているのは国王の代理である使者です。両国のために街道を作る協議のために来ました。道を作ること自体は両国共に賛成ですが、どちらがその費用を出すかは決まっていません」

「我が国としては費用負担は何割までにしたいのかしら？」

「ゼロです。正直申し上げれば相談などせず作って欲しいところです。我が国はお金がありませんからね」

宰相があっさりと『お金がない』と口にするほど、貧乏なの？　……飢饉の後に戦争補償、考えてみれば裕福なはずがないわね。

でも私はそのことを聞かされていない。

国庫の状況すら。

「さ、到着しました。金銭の話題が出たら、妃殿下はいつものように何も言わず微笑んでいてください」

本人にそのつもりがなくても、それは添え物でいろ、という命令のようにも聞こえた。

扉を開けると控室の長椅子にアレウスが座っていた。

黒い礼服に赤いサッシュ。黒髪に鋭い瞳。

何度見ても美しいお顔だわ。

「王妃様をご案内いたしました」

エアストが言うとアレウスは立ち上がり、私の傍らへ来た。

「華美だな」

美しく着飾った妻に対する一言がそれなのね？

「他国の方がいらっしゃると御聞《おき》きしましたので、王妃として恥ずかしくない装いにいたしました」

「そういう考えもあるか。では行くぞ」

彼は私の手も取らず、そのまま広間へ出る扉を開けさせた。

一人で先に進もうとする彼の腕に手を添えてその隣に並ぶ。

「何だ?」

不快だと言わんばかりの顔。

「王と王妃は並んで入場するものでは?」

「そうなのか?」

……知らなかったの?

「ラドラスではそうしておりました。王と王妃が離れていれば不仲と噂されます。それは王家にとってよいものではないと考えますが?」

「そういうものか?」

この質問は私にではなく、宰相のエアストに向けてだった。

「通常、貴族は夫妻同時に入場しますので王妃様のお言葉は正しいかと」

エアストの言葉を受けると、彼はもう何も言わず私と共に扉をくぐった。

きらびやかな大広間。

王家主催のパーティは国力を示す場でもあるから、見窄《みすぼ》らしくはできない。先々代のタスラー王は派手好きでもあったから、大広間の造りは豪華で美しかった。

こんなものを見ていれば、今までの私がこの国を貧しいと思わなかったのも当然ね。

けれど、考えてみればアレウスが忙しいからという理由でパーティ自体の数は少なかったわ。

その場に集まった人々の視線が、一斉に私達に向けられる。

この中に害意のある人もいるのだわと思うと、身体が強《こわ》ばって、足が止まる。

「どうした？」

「……すみません、緊張して」

「緊張？　今更？」

彼は、私の毒殺未遂事件に対してどう思っているのだろう。

殺されかけたという事実を、私が軽く受け流していると思っているのだろうか？

「……久し振りですから」

「そう久し振りとも思えないが、不満があって足を止めたのでなければいい」

再び歩き始め、玉座を前に別れてそれぞれの椅子に座る。

「今宵《こよい》はドナウからの来客を歓迎するための宴《うたげ》だ。楽しんで過ごすといい」

彼の一言で、音楽が大きく鳴り響く。

広間の周囲に控えていた人々がフロアに出てダンスを踊る。

とても美しい光景だわ。

今日はアレウスと踊らなくていいのかしら？

彼と踊ったのは何度かしかなかった。結婚式の後と、大きな公式のパーティの時だけ。

しかも周囲が促した時だけだ。

今日は大きな公式のパーティには当てはまるけれど、彼が私を誘う様子は見えない。

さて、どうするべきかしら？

踊りましょうと言うべき？　今日もこのまま別れて座ったままでいるべき？

悩んでいると、アレウスが立ち上がって私の方へ来た。

「来なさい」

手を取ることもせずにアレウスが向かったのはフロアの中央ではなく、玉座の傍らにいた一団だった。ダンスはないようね。

私達に気づいた一団の中の老齢の男性がアレウスに向かって礼を執る。

「本日はこのような宴を催していただき、ありがとうございます、アレウス王」

「喜んでいただけて何よりだ、フビレ殿」

フビレと呼ばれた紳士は私に目を向け、にっこりと微笑んだ。

「これは噂に違わず美しい王妃様でいらっしゃいますな。初めてお目にかかります、フビレと申します」

「大臣自らの丁寧なご挨拶、ありがとう。レアリアはドナウの方々を歓迎いたしますわ」

役職を名乗っていないのに『大臣』と指摘されたことに驚いたのか、一瞬彼の目が見開いた。けれどすぐににこやかな表情になる。

感情を露《あらわ》にしない者はクセ者だとお兄様に教えられていたわ。この方はそのタイプのようね。

「私めのことをご存じで？」

「もちろんですわ。お国では商会の会頭でもいらっしゃるとか。経済のことはとてもお詳しいのでは？」

ローベルは優秀だった。

私が望む資料をきちんと揃えてくれたのだ。お陰で現在のドナウの重職にある人達の名前は全て頭に入っている。顔はわからなかったので、彼が名乗ってくれてよかった。

「美しいだけでなく聡明《そうめい》な王妃様でいらっしゃる。アレウス王の愛情も一身に受けて、側妃もいないとか。御身を飾る豪華な宝石も王からの贈り物でしょう？　戦争の後レアリアの財政は逼迫《ひっぱく》しているという噂は嘘だったわけですな」

これは実家から持ってきたものだけれど、ここで『違います、これは私自身の持ち物です』と言えばアレウスに恥をかかせることになるだろう。

かと言って嘘をついても彼のプライドを傷つけるかも。

「そのような噂がございますの？　私、疎くて知りませんでしたわ」

ここは曖昧にしておくべきね。

「ええ、ですからレアリアは今回の街道整備をドナウに一任したがっているなどという噂も出ているくらいです。だが、王妃様にこれほどの贈り物ができるなら、いっそレアリアが一手に引き受けてくださってもよろしいのでは？」

　これがエアストの言っていた街道の問題ね。

　資料によると、ドナウも貧乏ではないがお金が有り余っているというほどでもないらしい。きっとできるだけこちらの負担を大きくして欲しいという気持ちなのだろう。

「まあ、ではドナウは街道事業を全てレアリアに譲ってくださるとおっしゃるの？　何てお優しいのでしょう。ねえ、アレウス？」

　振り向くと、アレウスはこれでもかという怖い顔で私を睨みつけた。

「何を言っている」

「だって、レアリアが街道を敷くということは街道の権利は全てレアリアにくださるということでしょう？　でしたら、通行料は全てレアリアのものになりますし、関税も我が国の自由になりますわ。街道で両国の通商が賑《にぎ》わえば賑わうほど、我が国だけが豊かになるというのに、その権利を全て譲ってくださるなんて」

　私の言葉の意味を、アレウスは瞬時に理解した。

　たった今まで苦虫を噛《か》み潰《つぶ》したようだった顔ににやりとした笑みが浮かぶ。

　一方のフビレは『しまった』という顔をしていた。

「確かにそうだろう。全て任せてもらえるということは我が国『だけ』の利だ。だがこれからドナウとは親交を深めたいと思っている。そんな一方的なことはできん」

アレウスの親切ごかしの言葉に、フビレは飛びついた。

「え……、ええ、そうですとも。是非ともドナウにも大切な事業にかかわる栄誉をお与えください」

「もちろんですわ。失礼いたしました。私としたことが、友好国の方から搾取するような言葉を口にしてしまいましたわ」

「いえいえ」

独占されずに済んだ、という安堵が見えたところで私は更に畳み掛けた。

「陛下、浅慮な私の失言のお詫《わ》びとして、関所や橋などは全てドナウにお任せしてはいかがでしょう。そのような場所には名前もつけられますし、人の目にも付きやすいですもの。そこにドナウ由来の名前を付けるということになればドナウに『栄誉』をお渡しすることができますわ」

所謂《いわゆる》命名権だ。それを与える代わりに設備を作って欲しい、ということだ。

名誉は確かにドナウに渡るが、費用の負担もドナウに渡る。エアストは少しでも負担を軽減したいと言っていたから、命名権ぐらいは譲ってもいいだろう。

「それは悪くはないが、名誉をドナウに全て譲ることはできない。ここから先はここで話すことでもない。女の浅知恵はそこまでにしておけ」

「失礼いたしました」

名誉はやっぱり必要なのかしら？　それとも女の提案は受け入れられない？　どちらにしろ、彼の目は『もういい』と言っているから、私は口を閉じた。

「美しいだけでなく聡明な王妃様でうらやましい。それにご夫妻の仲も睦《むつ》まじいようで。側妃など必要ないわけですな」

私は黙って微笑んだ。

妻の前で愛人の話をするなんて失礼だとは思っていないのね。

でも彼の考えはわかる。ただの夫婦ではなく王と王妃だもの。国には跡継ぎが必要なので、子供がいなければそんな話題が出るのも仕方がないのだ。

ただ……、アレウスが側妃をとることを考えると胸が痛むけれど。

もしこのまま彼が私に指一本触れないのなら、きっとそれは現実になってしまうのだろう。どんなに悲しくても。

「私に側妃は必要ない」

意外にも、反論したのはアレウスだった。

「妻は一人でよい。側妃など金がかかるだけだ」

……お金。愛情ではないのね。

でも、エアストの話といい、今の彼の言葉といい、この国は本当にお金がないのだわ。

もしかして、飢饉と戦争補償は私の想像以上にこの国を圧迫している？

そうならば、私にもそれを教えて欲しかった。

「お気遣いありがとうございます。けれど私の興味があるのはドナウの織物ですわ。ドナウでは素敵な絨毯《じゅうたん》が名産だとか。我が国のものよりも毛足が長いそうですわね」

「おお、よくご存じで」

「タペストリーのように立派な物もあるとか」

「そうです。実際タペストリーも作っております」

国の名産を褒められて、フビレは嬉しそうに笑った。

そしてそこからお国自慢が始まり、絨毯だけでなく、織物全般に自信があるのだということを滔々《とうとう》と語りだした。

ラドラスで、父を囲む人々の長話に付き合うのは慣れていたので、私は相槌《あいづち》を打ちながら聞き役に回った。公王である父に、いかに自分は役立つかを語る人々は多かったのだ。

けれどアレウスは聞き飽きたのか、暫くすると他にも声を掛けねばならない者がいると言って彼等から離れた。

国内の貴族達は、私がアレウスに冷遇されているのを知っているのか、私達を見てヒソヒソと囁《ささや》き交わしていた。

今日はずっとお側に置くようだ、という言葉が聞こえ、居心地が悪かった。

王と王妃が一緒にいることが珍しいと噂されるなんて。

振り返ってくれない夫の後ろをついて歩き、ダンスもせず、噂の中を歩くことは、それを肯定しているようだわ。

今も、心の片隅に『辛い』という気持ちがある。

けれど、私はふっと思い出した。

前世の私は一人で歩いていたわ。

小さな部屋で一人で暮らし、移動だって一人。それでも前を向いて楽しそうにしていたじゃない。

彼女は召し使いなんか必要としなかった。結婚もしていなかったようで、殿方の記憶はない。仕事がとても好きで、充実していたわ。

そうよ、フィリーナ。これも仕事だと思えばいいわ。王妃としての務め、仕事なの。くだらない視線は無視すればいいのよ。

向けられるアレウスの背中に寂しさは感じるけれど、もう諦めなければ。

結婚したのだから、思い合って過ごしたい。王妃として妻として、アレウスの役に立ちたい。

そんな日は待たないと決めたでしょう？

彼の役に立つためではなく、私は自分の王妃としての立場をまっとうするのよ。国民のために働くの。

「もういいだろう。好きなところへ行けばいい。女性はしゃべるのが好きなようだから」

ふいに振り向いた彼がくれる言葉が冷たくても、微笑みは消さない。皆が見ているから、毅然《きぜん》としていなければ。

「ダンスを踊らなくてもよろしいのですか？」

「ダンスは苦手だ。踊りたいのならエアストでも誘え」

アレウスは手を挙げてエアストを呼んだ。

「何か御用でしょうか？」

「踊りたいそうだ。踊ってやれ」

彼はそういうと私をエアストに押し付けて他の人達のところへ行ってしまった。

「では王妃様、一曲」

「いいのよ。宰相のあなたが忙しくないわけがないもの。アレウスと踊ってみたかっただけなの。でも苦手だと言って逃げられてしまったわ」

「本当に苦手ですから仕方ありませんね」

エアストは笑った。

「そうなの？」

「御存じなかったのですか？」

「でも彼は王子として育ったのでしょう？　ダンスぐらいマナーとして教えられていたの

では？」

私の言葉に、エアストは苦笑いを浮かべた。

「陛下は王子というより、軍人としてお育ちでしたから」

ああ、そうだったわね。歳の近い正妃の息子がいたから、彼はわざと王子の教育を受けさせてもらえなかったのだったわ。並び立たれないように、比べられないように。

彼の言葉がきついのも、もしかしたら軍人として育ったからなのかも。

「お仕事を優先していいわ、私は女性達と話をしてきます」

「では、失礼いたします」

幾分ほっとしたような顔をして、エアストもアレウスの方へ向かった。

何も教えてくれないアレウスも悪いけれど、知ろうとしなかった私もよくない。一言、どうして踊ってくださらないのですか、と訊けば踊れないからだと答えてくれたかもしれないのに。

そう考えると、ダンスが苦手なのに公式の席で踊ってくれたことは、彼の努力と心遣いだったのかもしれないわ。

自分を慰めるようにそう思って、私は女性達の集まる場所へ向かった。

……結果がわかっているから気が重かったけれど。

「まあ、公国のお姫様がいらしたわ」

聞こえよがしの言葉。『王妃様』ではなく『公国のお姫様』と呼ぶのは王妃と認めていないということだ。

聞こえなかったフリをして近づくと、何人かがスーッと無言のまま離れてゆく。

……いつもと同じね。私と言葉を交わすことを避けている。

王が私を遠ざけるから、ヘタに近づいて王の不興をかいたくないのだ。

「王妃様、何か御用でしょうか?」

……用がなければ近づかないでと言いたげね。

「陛下がお仕事のようなので、皆さんとお話をしようかと思って」

「光栄ですわ。けれど、私達が王妃様の話題についていけますかしら?」

へりくだったように聞こえるけれど、話すことはありませんと言っているのが伝わる。

「では是非、皆さんの話題に私を加えてください。私、あまり王都の出来事を知らないので教えていただけると嬉しいですわ」

「とんでもないことでございますわ、私共の話題に王妃様を加えるだなんて。どうぞ姫様から話題を振ってくださいな。あらいけない、王妃様でしたわね。陛下がお認めにならないからついまだ御成婚されていないかのように思ってしまいましたわ」

国を挙げての結婚式に、貴族は全員出席していたのにその言葉。

『王妃に対してその態度は不敬よ』と怒ってもいいのだろうが、問題は起こしたくなかった。この国では、私の味方になる者はいない。

不敬な言葉を聞いていても、誰も注意しないのがその証拠。

突然王妃様が気分を害されて、と言われて終わるだけだわ。

「そう、それではドナウのお客様がいらしているのですから、ドナウのお話でもいたしましょうか」

けれど彼女達はやはり離れて言った。

「他国の方が我が国の国政を話題にされても」

「ドナウのことですって。レアリアのこともわからないのに」

「仕方なく迎えた王妃様だとわかってらっしゃらないのじゃなくて？」

心ない言葉が耳に届く。

「皆様、参りましょう」

女性達の中、一際美しく着飾った令嬢の言葉に従って、若い女性達は去って行った。

前途多難ね。

自分だけが今までとは違うと思っても、周囲がそれを認めてくれなくてはなにも変わらないのだわ。

言いたいだけ言って捨て置いても、何も言わない王妃。

彼女達はもう既に私をそういうものだと思っているのだろう。

「私はドナウのことは存じませんが、ラドラスのお話でしたら少しお付き合いできましてよ？」

声をかけて来たのは、頭に白いものが交じった老齢のご婦人だった。

「私、モナス子爵家のミエラと申します。子爵などでは王妃様のお相手は務まりませんかしら？」

彼女の声には蔑《さげす》みもからかいも感じなかった。柔らかで、穏やかな女性だ。

「まあ、嬉しいわ。ラドラスのことをお話できるなんて」

彼女の言葉を受け止めると、モナス子爵夫人はにこっと笑った。

「親戚がラドラスに嫁いでいるのです。一度ラドラスにも参りましたの」

「まあ、ラドラスに？」

この国でラドラスに行ったという人は初めてだった。そんなに知り合いが多いわけではないけれど。

「ラドラスは豊かな国だと言っているのですが、親戚が嫁いだからの負け惜しみと言われてしまうのですよ」

彼女は笑って言った。

レアリアからラドラスに向かう途中に大きな山脈があり、その街道沿いはまだレアリアの領地。北の山沿いなんてお金をかけることもないから、寂しい土地だった。

その山を越えてラドラスに入ると、突然異国情緒たっぷりの繁栄した都市が広がる。

彼女はそれをまるで魔法がかかったようだったと言ってくれた。

「でも皆さんラドラスなんて北の果てがそんなに栄えるわけがないと言って……」

「あの山道は、貴族の方の旅行には向いていませんものね」

嫁ぐ時に通った細く険しい山道を思い出す。

馬車がギリギリ通れる程度の広さしかない場所もあった。

「王妃様の前ですが、タスラー王は、ラドラスを嫌っていたのかもしれませんわ。王家の血を持っているから王位に食指を動かされては困る、自国より豊かな国を見せたくない、とでも思ったのでしょう。道を整備し、国交を深めればよいのにと思ったものです」

「私もそう思いますわ」

「行き交う者がいないお陰で、この国では『ラドラスは貧しい国』というイメージが出来上がっているのです。失礼ながらラドラスからは商人も来ませんし」

「ラドラスでは隣国との商取引が盛んなのです。皮肉なことに、あちらへ向かう道には険しい山はありませんので」

レアリアとの道路整備を怠ったのは、ラドラスにも、自国は自国で発展しているのだから戦争に巻き込まれたくないという気持ちがあったのかもしれない。

「王妃様は豊かな生活に慣れていらっしゃるから当然のことなのでしょうが、あまり宝石など買い求められない方がよろしいかもしれませんわ。この国はまだ豊かではございませんので」

彼女は私が身につけている宝石を勝手に買ったと思っているようだった。

自国から持ってきたものだと言ってよいのかどうか、ここでも迷った。王妃に宝石も買い与えることのできない王、と告げ口することになるからだ。

けれど子爵夫人が王妃に進言するのには勇気がいったろうから、黙って「ご忠告に感謝します」と言うに止めておいた。

何げない会話。

子爵夫人のお陰で、年配の方が何人か加わり、当たり障りのない会話を続ける。

そしてパーティは終わりを告げ、私はアレウスと共に退室した。

大広間を出ると、ゆったりとした居間で、労《ねぎら》いのお茶をいただく。

彼は同席する時もあれば、そのまま出て行ってしまうこともあるが、今日は同席してくれた。

相変わらず、アレウスは何も言ってはくれないけれど。

ふ、とここで気づいたことがあった。

もしかして、子爵夫人のようにアレウスも今日のこのネックレスを私が勝手に買ったものだと思っているのではないかしら？

「陛下」

「何だ」

「ドナウの大臣に誤解されたこと、曖昧にごまかしてしまって申し訳ございません」

「誤解？」

「このネックレスを陛下からの贈り物と思わせたことです」

彼の顔が少し不機嫌になる。

「かまわない。お前が勝手に買おうと金銭は国庫から出ているのだから」

ああ、やっぱり。

「私は勝手に宝石を買ったりしませんわ」

彼は誤解しているのだわ。

「私はこの国に嫁いでから、勝手に宝石やドレスを買ったことはございません」

「……勝手という言い方が気に食わなかったのか。それとも、買ったものではなく人から貰ったとでも言うつもりか？」

「はい」

うなずくと彼はムッとした顔になった。

「誰に貰ったと言うのだ。王妃が他人からものを貰い受けるのは……」

「母です」

「母？」

「装飾品は全てお母様が嫁入りの時に持たせてくれた物です。ドレスも作っておりません。大層多く用意してくださったので、まだ袖を通していないドレスもあるくらいです」

「新しいドレスを作っていない？　嫁いでからというのは二年もか？」

「はい」

彼の顔が困ったように歪む。

「嘘をつく必要はない。女性というのは毎日のようにドレスを作るものだろう」

「陛下がどのような女性をご存じなのかは知りませんが、私は必要のないものは求めません」

「しかし、これみよがしに高価な宝石を身につけるのはよいことではない」

「他国からの客が来ている時には必要かと思います」

「何故？」

「フビレ殿も言われたように、我が国は財政が逼迫していると思われているようです。お金がないと思われれば足元を見られてしまいます。事実、厭味も言われてしまいました。

ですから不自由のない状態であると示すのは必要なことだと思います」

「足元を見られる、か……。そう言えば、今日のお前の通行料の話は悪くなかった。明日から本格的な交渉に入るが、こちらの負担を軽減できるだろう」

「よいことをした、とお認めくださる？」

「ああ」

まあ、微笑んでくださるのは初めてだわ。

それが自分に向けられていると思うと、嬉しくて胸が締め付けられる。

でもここでささやかな喜びに溺れてはいけないわ。

毒に倒れて前世の記憶を取り戻してから十日間、私は前世の記憶を参考にしてこれからやるべきことを色々と考えていた。

そのために必要なものをアレウスに求めたかったのだ。

彼と話し合える機会は少ないのだから、今それを実行しなくては。

「では御褒美をおねだりしてもよろしいかしら？」

アレウスは腹芸のできない人なのね。不快感がすぐに顔に出てしまっている。

「我慢した分、宝石やドレスをねだるつもりか」

「それは必要ないと申しましたわ」

「では何が欲しい？」

「そうですわね……。私専属の騎士を三人ほど」

「騎士？」

「はい。あなたの選ぶ口の堅い騎士を三人。それと自由に使えるお金を」

彼の不機嫌さは更に増した。睨みつけるその目が怖いと感じるほどに。その視線を何度向けられたことか。その度に身体が強ばってしまう。

怒られている。嫌われている。

それが怖い。

でも続けなくては。

「お願いは聞き入れられますでしょうか？」

「ついに愛人を求めるか。金ならば、宝石を買い求めていないなら王妃用の費用で足りるだろう。それでも足りないほどならローベルに言え」

「愛人だなんて……！」

違います。ちゃんとした用途があってお願いしているのです。そう言いたいのに酷《ひど》い誤解を向けられて口が上手《うま》く動かない。

「ただし、失敗だけはするな」

「失敗って……？」

まだ私が喋《しゃべ》っているのに、彼は立ち上がってしまった。

「陛下！」

部屋を出て行く前に向けられた蔑むような視線。それがまた追いかけようとした私の身体を押し止める。

身近にいた男性といえば優しい父と兄だった。侍従達もいつも優しかった。だから、アレウスの冷たい態度が本当に怖くて辛い。

軍人だからなのかもしれないが、彼の視線には嫌悪を感じる。

嫌われることに慣れていない私には、それが怖い。

扉が閉まり、彼の姿が消えると、私は二、三度深呼吸をして気持ちを落ち着かせて自分に言い聞かせた。

大丈夫、怖いことなんてないわ。誤解したから怒っているだけよ。

宝石は無駄遣いではなく親からの贈り物だったと説明した時に素直に謝ってくださらなかったのは残念だけれど、きっと王は簡単に謝罪を口にしてはいけないからだわ。

国の全てを決定し、責任を負うべき者が、簡単に過ちを認めたり謝罪をしたりしてはいけない。王は間違えることはなく、他人に頭を下げる立場ではないから。

『誤解してすまなかった』の一言は言って欲しかったけれど。

「愛人なんて、必要とするわけがないのに……」

ポツリと呟《つぶや》いて、私も立ち上がる。

期待はしないけれど、まだあなたを望んでいる。そんな私が誰の手を取るというのだろう。

「フィリーナ様」

部屋を出ると、外にはリンナが待っていた。

「お迎えに上がりました」

彼女の顔を見ると緊張が緩む。

唯一の味方がここにいるのだと安堵して。

「ありがとう、リンナ」

私は彼女の手を握り、部屋へ向かって歩き始めた。

今日は疲れたわ、と思いながら……。

翌日、いつものように一人きりの朝食を済ませて部屋に戻ると、テーブルの上に書類が山積みされていた。

「これは?」

運んできたローベルに尋ねる。

「王妃様に関する帳簿の二年分でございます」

「全て？」

「全てでございます。それから、騎士達の面会は午前にいたしますか？　午後にいたしますか？」

「騎士？」

「王妃様がお望みになったと陛下が」

昨日の今日で早いのね。

「では午前中に」

「かしこまりました」

ローベルが出て行くと、今度はリンナが報告に来た。

「王妃様の侍女の希望者なのですが、あまり集まりがよくないのです。今いるのは子爵家や男爵家の者ばかりです。王妃様の側に仕えるなら伯爵家ぐらいの子女が集まるはずですのに」

「爵位は気にしないわ。使える者ならば貴族でなくてもいいくらいよ」

「王城の奥に招くのですから、それはいけません」

「私が欲しいのは、仕事を真面目にする人よ。そして私に心から仕えてくれる信頼のできる人。爵位も年齢も問わないし、時間がかかってもいいわ。リンナがこの人なら、という女性を選んで頂戴」

「かしこまりました」

「それから、侍女服を一着用意して」

「侍女の服、ですか？」

「本当は町娘の着るような服がいいのだけれど」

「……フィリーナ様。ラドラスとは違うのですよ？」

何かを察したのだろう、リンナがお目付役らしい目を向ける。どうやら私の子供の頃を思い出してしまったようだ。

お兄様がお忍びで街へ出る時、何度かこっそりと付いて行ったことがあったのよね。すぐに気づかれてしまったけれど、お兄様は連れて行ってくれた。

召し使い達は酷く怒ったけれど、楽しい思い出だわ。

「大丈夫よ、そのための騎士だもの」

「その御髪《おぐし》は目立ちます」

「ではそこのところを上手くやってね」

私がにこっと笑うと、彼女は大きなため息をついた。

「お元気になられたのはようございますが、奔放《ほんぽう》過ぎるのはよろしくありません」

「籠の鳥でいるのはもうやめたの。待っていても誰も来ないのなら、待つ必要もないでしょう？」

言葉の意味を理解して、彼女はまたため息をついた。

リンナもこちらにまったく訪れないアレウスには不満があったのだろう。それに、姉のように近くにいたリンナは、結局いつも私の望みを叶《かな》えてくれるのだ。

「何とかいたしましょう」

リンナが退室し一人になると、暫くしてローベルが騎士達を案内してやってきた。

「失礼いたします」

濃紺の軍服を着た三人は、全員が若く見目のよい男性だった。

外見などこだわらないのに、と思ったが、アレウスは私が愛人を求めたと誤解していることを思い出した。

確かに、若いお嬢さん達がときめきそうな外見だわ。少しクセのありそうな気もしないではないけれど。

「陛下の命により参じました。私はルーグと申します」

一番年長らしい落ち着いた雰囲気の黒髪の男性が最初に挨拶をする。

「私はオリーワです」

茶髪でヤンチャそうな人ね。

「クレインです」

金髪で無愛想。

タイプを色々揃えてみました、といったところかしら？

三人は戸口の前に立ったままだったので、正面の長椅子に座るように手で促した。

「我々は騎士ですので、妃殿下の御前で着座することは許されておりません」

……正しい対応ね。

「私が許可します。あなた達のように背の高い方々を見上げて話すのは疲れてしまうので。許可で足りなければ命令としますか？」

そう言うと、やっと三人は椅子に座った。

体格のよい三人が座ると長椅子がギチギチになってしまったので、慌てて近くの別の椅子を示した。

「一人、そちらの椅子に座ってください。窮屈でしょうから」

これも命令と捉えたのだろう。ルーグが立ち上がり、別の椅子に座り直した。

「さて、あなた方が何を聞かされてこちらにいらしたのかはわかりませんが、王妃の愛人になってのんびり、なんて考えは捨ててくださいね」

その言葉に彼等の表情が動く。

「では私共に何をお望みでしょうか？」

代表で口を開くのはルーグの役のようね。

「もちろん、私の身辺警護よ」

「城内の最奥で、ですか？」

「あなた方は私が倒れた理由を知らない？」

ルーグとクレインは無表情のままだったが、オリーワはピクリと顔を引きつらせた。オリーワは感情に素直な方らしい。

「存じておりますが、あのような事態に対処するのは騎士ではないかと」

「そうね。毒に関しては内膳が真っ青になって毒味係を立てているでしょう。私が死んでもいいと思っていなければ」

「そのような考えの者はいないと……」

「いたから毒を盛られたのでは？」

「殿下は怒っていらっしゃるのですか？」

ルーグが神妙に尋ねる。

「殺されそうになって怒らない人はいないわね。それに、調査もされていないようだし」

私が言うと、オリーワが身を乗り出した。

「調べております」

「あら、そうなのですか？　私のところにはその話は届いていないけれど」

「不快な話題ですので、国王陛下がお気遣いになっているのだと思います」

あの方が私に心遣いをしてくださるかしら？

でも城の中で毒殺騒ぎがあったなんて、王の沽券《こけん》にもかかわることだから調べはしているのでしょう。

ノックなく扉が開き、リンナが入って来る。三人が一斉に振り向いたので、彼女はビクッとして固まってしまった。

「リンナよ、私が一番信頼している侍女。彼女はノックの必要がないので覚えておいて。リンナ、こちらが陛下が遣わしてくれた騎士、こちらからルーグ、オリーワ、クレイン。覚えておいて」

お互いに相手が何者かを納得し、会釈を交わす。

「お茶をお持ち致しましょうか？」

「ええお願い。皆の分もね。私は今日一日、この三人とゆっくり話し合うつもりだから」

さすがにリンナは察しがいいわ。呆《あき》れた、という顔でため息をつくのだから。

「かしこまりました。ご要望のものは全て、直ちにお持ちいたします」

リンナが出て行くと、クレインがボソリと呟いた。

「随分と態度の大きな侍女ですね」

「国から一緒に来た者ですから。姉のように思っています。あなた方も、彼女には敬意を持って対応してください」

「他の侍女と対応を変えろ、と？」

自国の人間だけ特別扱いか、と顔に書いてある。クレインは私が嫌いみたい。

「今のところ侍女は彼女一人ですから」

「一人、ですか？　王妃様の侍女が？」

ルーグが驚いたように尋ねる。

「先日の一件があったので、他の者はクビにしました」

「我が国の侍女は信用に足らない、と？」

「誤解がないように言うけれど、クビにした侍女を疑っていたことは否定しないわ。でも彼女達をクビにしたのは仕事をしないからよ」

三人は驚きを隠さなかった。

王妃の侍女が仕事をしないなんて、考えられないことですものね。

「私の身の回りの世話も何もかも、今までずっとリンナが一人でやっていたの。呼んでも来ないどころか、出仕していない日もあったようだわ。クビにしたのは我慢の限界だったからよ」

「……それは。真実であれば大変申し訳ないことを」

「真実であれば、ね。そのことは既に解決済みだから気にしないでいいわ。あなた達には国と陛下を裏切らせないと約束するから、私の言うことを聞いて欲しいの」

「それはどういう内容でしょう」

「それができるかどうかを確認してから、内容を説明するわ」

「内容を知らないと返事はできません」

クレインが反論する。

「じゃ、あなたはいいわ。他の人に頼むから」

断ると、彼はムッとしたがルーグがそれを宥《なだ》めた。

「国と陛下を裏切らないのは大前提なのですね？」

「ええ」

「私達がそれを裏切りだと判断した場合は、お断りすることができますか？」

「もちろん。というか、私はそうじゃないと思っているけれど、違っているのなら注意してくださいな」

「王妃様に我々が注意を？」

「立場が上の者だからと言って間違いを指摘できないでいたら、誤りを増長させるだけでしょう。それは悪い結果しか招かないわ。誤りを指摘できてこその忠臣では？」

ルーグは、この部屋に来て初めて笑った。

「わかりました。それでは私は従いましょう。国や陛下に背くことなく、犯罪でもないということを前提として。お前達もそれでいいな？」

歳《とし》だけではなく、立場もルーグが上のようだ。二人は渋々ながら首を縦に振った。

「わかりました」

「それでは、まずあなた方はなるべく地味な私服を持ってきてください」

「私服ですか？」

「ええ」

「剣は置いてこなくてはいけないのでしょうか？」

「いいえ、あなた達が必要だと思えば所持していいわ。でも、派手なのは避けてね」

三人は顔を見合わせた。

「さ、すぐに取ってきて。すぐに、よ」

まだ戸惑いながらも、三人は立ち上がり部屋から出て行った。

入れ違いに、リンナが荷物を持って戻ってきた。私が言ったからか、手の塞がった彼女のために扉を押さえてくれる。

さすが騎士ね。礼節のある方々だわ。

「服をお持ちしました」

彼等が出て行くと、リンナが私に話しかけた。

「私もご一緒したいですわ」

「だめよ。リンナにはここに残ってアリバイ工作をしてもらわないと」

「今は私だけですから何とかなりますが、新しい侍女を雇えばバレてしまいますよ?」

「そこも含めて信頼できる娘を選んでね」

私の笑顔に、彼女はまたため息をついた。

「お着替え、お手伝いいたします」

けれどやはり反対はしなかった。


私服を持って戻ってきた三人は、侍女の服に着替えた私を見て、リンナと同じようなため息をついた。

もっと驚くかと思っていたけれど、この様子ではある程度察していたようね。

「もしかしてと思ったのですが、王妃様は城下へお忍びで出掛けるおつもりなのでしょうか?」

ルーグの言葉に、私は頷いた。

「ええ。ですから、護衛の騎士が必要なのです」

「王妃として視察に出られた方がよろしいのではありませんか? それでしたらもっと護衛官を増やすこともできます」

「それでは誰も真実を語らないでしょう」

「何の真実です？」

「民がどのような生活を送っているか、王室をどう思っているか」

「それは王妃様が知るべきことではないかと」

「本気で言ってらっしゃる？　王妃が民の生活を知らないでいることが当然だと？　だから誰も何も私に教えてくれないのね。それならやはり自分で調べないと」

「何をお知りになりたいのです？」

「今言った通りよ。民がどのようにしているか、よ。ドナウの大臣にレアリアはお金がないと思ってました、と言われるほどこの国が貧しいのかどうか」

私の答えに、ルーグは私の部屋を見回した。

「そうですね。何も知らないから、このように部屋を飾られるのでしょうね」

その言葉を聞いて、私は彼等がアレウスと同じ誤解をしていることに気づいた。

「この部屋の殆《ほとん》どの物はラドラスから運んできたものですわ。新しく買ったものなどありません」

「……え？」

言葉を失う彼等の前で、私はリンナに同意を求めるように訊いた。

「私が嫁いでから、何か買ったものがあったかしら？」

「いいえ。フィリーナ様がお買い求めになったものも、陛下から贈られたものもございません。あのタペストリーも、クリスタルの花瓶も、ビューローも、ラドラスから運んだものでございます。テーブルと椅子は元々こちらにあったものですが、寝室にございますドレッサーもクッションも何もかも全てラドラスのものでございます」

わざわざ『陛下から贈られたものも』だなんて、リンナはそのことに怒っていたのね。

「だそうよ」

三人は戸惑ったように改めて室内を見回した。

「あちらの飾り棚や、その中のグラスなどは？」

「ラドラスからのものですわ。グラスは飾りですので使いません。ご使用になるのはこちらのです。けれど今使っているティーセットもラドラスからのものです」

彼等が、私が国のお金を使って贅沢をしていると思い込んでいるのに気づいたのだろう、リンナは説明を続けた。

「取るに足らない命ですが、私の命に掛けて、ドレスも、宝石も、小物に至るまで、買い求めたものも、アレウス陛下からいただいたものもございません」

彼女が胸を張って宣言したものだから、彼等は口を閉ざしてしまった。

その中で、またルーグが一番に口を開く。

「失礼ながら、ラドラスは北の辺境で作物も育たぬところと聞いております」

「失礼ですわ。確かに作物の育ちはよいとは言えませんが、交易で潤《うるお》った豊かな国です」

憤慨するリンナに、私は彼等が悪いわけではないと説明した。

「この国では、ラドラスは辺境の貧乏国と思われているらしいわ。私も昨日パーティで初めて知ったのだけれど。北の山脈の辺りは貧しいでしょう？　だからその先も大したことはないと思われているみたいよ」

「まあ、姫様の結婚の使者は我が国にいらしたのに？　使者は見てもわからなかったのですか？　何も報告なさらなかったと？」

そうね。どうしてかしら？

私の記憶にあるラドラスの首都はとても美しかった。尖塔《せんとう》のある城、おとぎの国のような色とりどりの屋根が連なる区画整理のされた集落。

整備された石畳の道。

初めて目にしても、貧しい国には見えなかったと思うわ。

「あなた方は誰からラドラスが貧しいと聞かされていたの？」

疑問に思って訊いたが、彼等は答えに戸惑っていた。答えを待っていると、暫くしてルーグが答えた。

「タスラー陛下、先々代の王の時代にはそう聞かされていました」

戦争を起こしたアレウス様の父君ね。

「開戦前に使者がいらしたそうなのに、何も伝えなかったのかしら？」

「使者が行ったのですか？」

そのことも知らされていなかったの。

「ええ。ただいらしただけで何もおっしゃらなかったけれど。それに当然だけれど私の婚約のことで使者がラドラスを訪れたわ、それでも訂正されなかったのね？」

「……はい」

ルーグは考え込むように頷いた。

「不思議ね。ラドラスが豊かな国だと知られたくなかったのかしら？　気づかないほど先入観があったのかしら？　いいわ。考えても答えが出るわけではないし。とにかくそんな訳で私はレアリアのお金を使ってはいないし、物事は自分で見た方が正確な事実がわかるということよ」

三人はやっと納得したのか、それ以上の質問はなかった。

「それでは、別室で私服に着替えてきてください。着替え終わったら出発します」

「フィリーナ様、くれぐれもお出掛けの際には騎士様の言うことを聞いて、危ないことはなさらないでくださいね」

意気揚々と命じた私の言葉に被《かぶ》せるように、リンナの注意が飛んだ。

「もう子供じゃないんですから」

それは三人の笑いを誘った。

「ご立派な侍女殿でいらっしゃる」

ルーグの言葉に、私は苦笑いするしかなかったけど……。


リンナが用意してくれた黒髪のカツラを被り、更にショールで顔を隠してから、彼女の教えてくれた使用人用の通路を通って城の裏口へ。

門番にはルーグが対応し、王妃様の侍女の買い物に付き合うのだと説明してくれた。

騎士が身元を証明してくれれば、咎める者はいない。

「深窓のお姫様は外でも浪費かい。騎士様も大変だな」

ただ、何も知らない門番がそんなことを呟いた時に、ルーグが慌てていたけれど。

「申し訳ございません。失礼なことを」

門から出ると彼が謝罪したが、私は気にしなかった。

「そう思われているのだと知れてよかったわ」

少し寂しいけれど、怒っても仕方がない。彼等には真実を知る方法はないのだ。

そのまま歩いて出ようとしたのだが、オリーワがそれを止めた。

「すぐに馬車を回して来ますので、お待ちください」

「少しぐらい歩くのは平気よ?」

「馬車の方が警備がしやすいので、お願いします」

と言われては反論できなかった。

私の意図を理解してくれたのか、オリーワが乗ってきた馬車は地味なもので、御者は彼自身だった。

その馬車に残りの二人と共に乗り込んで街へ。

自分の国で兄と一緒に街を歩いた時にも、護衛は付いていた。それだけでなく目に映らない隠れた護衛がいたのだろう。

今回も陛下自らお選びになった護衛が三人も付いているから、安心ね。

「どちらへ向かいますか?」

ルーグに訊かれ、私は少し考えてから答えた。

「今日はこんな格好だから、中心街でいいわ。次のための服も買いたいし」

「次、ですか?」

「ええ。一度で全てが見られるわけではないでしょう? 市場も行きたいけれど、もう時間が遅いかしら?」

「いえ、まだやっているところもあると思います」

「ではそちらも回りたいわ。でも、夕食までには戻りたいわね」

「わかりました」

ルーグはそれ以上何も言わなかったけれど、替わってクレインが質問を始めた。

「王妃様に伺ってもよろしいですか？」

「どうぞ」

「先ほどラドラスは裕福な国だとおっしゃいましたが、それなら何故結婚の支度金に法外なお金を要求したのですか？」

「クレイン」

ルーグが注意する。

「法外なお金？」

「我が国の国家予算の一年分に相当すると噂されています」

「そんなに？　本当に私を迎えるためにそんな大金を払ったの？」

「噂ではありますが……、それでもかなりの額が払われたのは事実だと思います。御存じなかったのですか？」

かなりの金銭が払われたことは知っていたが額がいくらだかは知らなかった。

「父はこの結婚に反対していたので、支度金の額を大きくしたと言っていたのは知っていたわ。けれど法外だということは知らなかったわ。知っていたら、そんなもったいないことをしないように進言したでしょう」

「もったいない？」

「そのお金があれば、もっと民のために何かできたでしょう」

私を愛しているわけでもないのに、何故アレウスはそんな大金を支払ったのかしら？

「……わかったわ」

「何がです？」

「苦しい財政の中、何故レアリアがそんな大金を払ったかがよ。きっとどうしても王家の正当な血筋を固めたいからだったのだわ。それは国民をないがしろにしてまで王家を守りたい、アレウス様だけでは不足があるということだわ。……アレウス様が私を嫌いな理由も少しわかるわね」

「……陛下が王妃様を嫌っている、と？」

「結婚して二年も放って置かれていればそう考えて当然でしょう？　側妃はいないけれど、城の外には愛妾《あいしょう》がいるのかもしれないし」

「そんなものはおりません。陛下は即位なさってからずっとお仕事が忙しいだけです。今だって、南の小競り合いを収めるために陛下自らご出陣なさることを決めたのです」

出陣……。昨日はパーティだったのに。

「そうなの。でも私にはその知らせは届いていなかったから、ただ放って置かれているだけだと思っていたわ」

「我々も、王妃様は城の奥で贅沢三昧《ぜいたくざんまい》をしていると思っておりました。お互い齟齬《そご》があったようですね」

私とクレインを執り成すように、ルーグが会話を締めた。

ルーグは貴族らしい落ち着きがあって感情的にはならないタイプ、クレインは陛下に陶酔していて王妃に反感を持っているタイプ。オリーワは……、まだわからないわね。彼等のことも少しずつ理解していきたいわ。

でも三人とも攻撃的ではないし、私の話にも耳を傾けてくれる。愛人候補と誤解しているとはいえ、アレウスはちゃんとした騎士を選んでくれたようね。

この三人なら、愛人でも許すと考えたのかしら？

夫から愛人を世話される……。

初夜も迎えていない娘が愛人を欲すると本当に思われたのかしら？　私をそんな女だと誰かに言われたとか？

……わからないわ。

馬車の中ではそれ以上の会話はなく、そのまま進んだ。

「そろそろ到着したようです。ご準備を」

「ああ、馬車を降りたら、三人とも私のことは『王妃様』とは呼ばないように。そうね、

『リーナ』と呼んで頂戴」

「王妃様をですか？」

「陛下のお忍びの時には『陛下』と呼ばないでしょう？」

「……かしこまりました」

渋々だったが、二人は了承し、オリーワにもそれを伝えた。

馬車は、オリーワが見知りらしい店の前で停《と》め、そこで預かってもらうことになった。

初めての街。

街を歩くのは子供の時以来でドキドキする。しかも全く知らない街だもの。不安もあるけれど、三人の騎士がそれを払拭してくれるだろう。

「行きましょう」

私は街中を歩き、まずは表通りの店を眺めた。

店構えは美しいが、品揃《しなぞろ》えはいいとは言えない。街を歩く人々の顔も暗い。

この国の『普通』を知らないので、ルーグに尋ねてみた。

「どこもこんな感じなのかしら？　歩いている人があまり楽しそうには見えないのだけれど」

だが答えをくれたのはオリーワだった。

「ここいらは貴族相手の店が多いから、制限がかかってるんですよ。贅沢をしてはいけな

いって」

オリーワは気さくな感じで説明してくれた。

私を案内したここは、安全を重視して下級貴族の出入りする街の中心部にしたそうだ。

上級の貴族は商会から直接品物を店に届けさせる。買い物に出るのは召し使いで、本人は出歩かない。

もっと別の場所にある、劇場などの並ぶ高級店が連なるところならば、貴族も買い物をするだろうが、そこに立ち入るには今の自分達の服装は相応《ふさわ》しくない。

「そちらに行きますか？」

と訊かれたので、私は首を振った。

「貴族の街には興味はないわ」

取《と》り敢《あ》えず、安い出来合いの服を売ってる店で服を一着買った。

オリーワに、貴族が出来合いの服を買うのは珍しいと言われたが当然だろう。普通は布地から選んで工房で自分だけの一着を作るのだ。私のドレスもそうして作られた。

買った服は、布地も硬く、飾りもなく、縫い目も粗い。城で着ているドレスとは比べ物にならない。

でもその服を、一般の人達は着ているのだ。

前世の私は、他人に話しかけることを厭《いと》わなかった。容易に人々の中に入り、親しげに言葉を交わしていた。頭の中にお手本がいるのだからと、私も勇気を出して街の人に声をかけてみる。

店の人に話しかけては流通経路や商品の価格、材料の循環程度などを聞く。それが大切だというのは前世の記憶もそうだけれど、ラドラスで城に来る商人達も言っていたことだったので。

一番わかりやすい違いはパンだった。

生鮮食品は午前中に立つ市場での売り買いが主なのではっきりとはわからなかったが、パンは終日店舗で売っている。

そして、貧しさの違いがはっきりとわかった。

高いパンはバターをたっぷり使ったもので、ドライフルーツやナッツが入ったものも売られていたが、貧しい地域では大きくて硬いパンが主流で、工夫を凝らしたようなものは一つもなかった。

試しに一つ買って食べてみたが、キメも粗く外側はかなり硬かった。

「貴族の食べるものじゃないですよ」

「かもしれないわね、オリーワ。でもこれしか食べられない人がいるのは事実だわ。騎士はこういうパンを食べるの？」

「俺達はもうちょっといいパンを食べてますね。でももっと貧しい連中は、三日経った売れ残りのパンを食べてるでしょう」

「小麦が足りないの？」

「何もかもが」

城では豪華な料理が出るのに、と言いかけて止めた。城は象徴。王が硬いパンを食べていては他国に侮られる。贅沢は容認しないけれど、体裁は必要だもの。

人々の噂にも耳を傾けてみた。

中心部では商品不足を貴族の買い占めだと愚痴っていたが、下町ではとにかく戦争が終わってくれたことだけが嬉しいと、話題の主体が変わる。

アレウスに嫁ぐのを決めた理由の中に、彼が戦争を終わらせた兄の遺志を継いだということがあった。

突然権力を手にした者の中には、自分の栄華を求める者もいる。けれど彼は国のために働いていた。そんな方ならきっと自分も愛情を抱けると思っていた。

戦争はしないという彼の決断が貧しい人々に受け入れられているのだと思うとなんだか嬉しい。私が彼を選んだ理由が正しいと言われているようで。

もっとあちこち見て回りたかったけれど、病み上がりの身体が少し疲れてきたと感じた頃、夕方の鐘が鳴った。

ルーグに帰宅を促され、おとなしく彼に従った。馬車で来てよかったわ。ここから城まで歩いていたら、途中で動けなくなったかも。

来た時と同じように帰りの馬車も無言。使用人用の出入り口から城に入り、お忍びの散歩は終了した。

……取り敢えず今日のところは。


三人が着替えをしている間に、自分も着替えをし、一緒に夕食を摂《と》ることにした。

彼等は辞退しようとしたけれど、話があるから戻って来るように頼んだ。

色んなことを知りたかったから。

私は、何も知らなかった。

彼だけに向けていた目は、『アレウスに気に入られたい、彼の役に立ちたい』だったからおとなしく従っていたけれど、今は『国のために働きたい』という目線になった。

それならば知るべきことはぐっと増える。

「何を話すのです？」

食堂ではなく、部屋に用意させた夕食の席。

相変わらず、口を開くのはルーグだ。

「聞きたいことがあるの。正直に答えてくれると嬉しいわ」

「答えられることでしたら」

「陛下は今、城にいないのね？」

「今朝、南へ出立しました。当分お戻りはないでしょう」

「今までも、よくお出掛けになっていたの？」

「というか、ご存じなかったのですか？」

「陛下の予定は全くここには届かなかったわ。そうよね？　リンナ」

彼女にも同席させたので確認のために訊く。

「一度もご連絡はございませんでした。パーティや行事でフィリーナ様の出席を求められる際には前日にご連絡がありましたが」

「前日、ですか？」

「はい。辞めさせた侍女の一人が表向きとの連絡係を担っており、その方が知らせて参りました」

「公式行事は少なくとも数週間前には知らせが来るはずですが……」

疑うような言葉に、リンナはルーグをキッと睨みつけた。

「ええ、そうでしょうとも。ですから、陛下はわざと遅らせたのですわ。フィリーナ様が支度に戸惑うように」

「陛下はそんなことはしない！」

反論したのは、陛下が大好きなクレインだ。

「では、何故知らせが遅れるのですか」

「それは知らせが来ていたのに気づかなかっただけでは？」

「そんなことがある訳はないでしょう。男の方は女性がただドレスを着て会場に行けばよいとでも思っているのですか？　知らせが届いてからパーティや行事の趣旨を調べ、出席者を調べ、その場に相応しい話題を用意し、陛下のご衣装に合わせてドレスを選ばなければならないのですよ？　一秒だって無駄になどできません。なのに陛下のお衣装さえ教えていただけなくて、当日ちぐはぐなドレスになってしまったことも……」

リンナは悔しそうに目を伏せた。

「リンナ、いいのよ。あなたはとてもよくやってくれているわ」

隣に座る彼女の手を、テーブルの下でそっと握った。

「想像の域を出ないのですが、あなた方が『陛下はそのようなことはしない』とおっしゃるなら、侍女達がしたのでしょう」

「辞めさせた侍女に罪をなすりつけるおつもりか？」

クレインはどうしても私を受け入れないのね。私に心酔しているリンナとは天敵かも。

「あなたは辞めさせられた侍女達が何をしたか、いえ、何もしていなかったかをご存じないからその様なことをおっしゃるのですわ」

　早速リンナが反論する。

「先ほどもおっしゃってましたが、『何もしていなかった』とは？　具体的にどういうことです」

「言葉通りですわ。姫様のお世話も、パーティでのお付きも、表向きとの連絡も何もかもです。何かと言えば、公国などという属国での爵位など関係ない、私達は立派なこの国の伯爵家の娘だと侍女頭である私の言葉を無視し、体調が悪い、家の用事があると言っては出仕すらしない。姫様のお世話は私一人がしていたのですよ！」

　よほど溜まっていたのだろう、リンナは一気にまくし立てた。私の呼称も姫様に戻っている。

「失態があれば、私と姫様の責任、よいことは自分達の手柄。そんな者達に囲まれていても、何一つ文句も言わず王妃としてお務めになった姫様に、一顧だにしない王など王の器ではありませんわ！」

「何を言うか！　多額の支度金を要求し、これみよがしに馬車を連ねての嫁入り、あれは全て国民の血税なのだぞ！　そこまでしてもらっておきながら……」

「花嫁道具は全てラドラスの物です。新調した方がよいと進言したのに、姫様はご自分の使われていた物で十分、嫁ぐ先に用意してくださった物でよいとおっしゃったんです」

「だからよい部屋に住んでいるだろう」

「半分は我が国からの物です」

「だが今だって、王妃様には大金が支払われているだろう！」

「食事と菓子を買うだけで大金とは、レアリアは余程困窮してらっしゃるのね！」

「お止めなさい！」

興奮した二人が罵り合いになったところで、私は彼等を制した。

「リンナ、私はもう『姫様』ではないわ。訂正して」

「……申し訳ございません」

「クレインも、女性に対する態度ではないわね」

リンナはすぐに謝罪したが、クレインは押し黙っただけだった。

私はルーグを見ると、『ね？』という顔をした。

「どうやら私達の間には齟齬があるようなの。だからそこを教えて欲しいのよ。先に話した通り、ラドラスは裕福な国です。かといって私は贅沢を好んだ覚えはありません。なのに陛下からも『贅沢』という言葉を受けたことがありました」

「陛下は無駄な贅沢を好まないのだから当然です」

「ではクレイン、誰が私が贅沢をしていると言ったのです？」

「見ればわかることです」

「リンナが言ったように、贅沢に見えるものが全てラドラスからの物だとしても？」

「そんなものは何とでも言い逃れができます」

「ではご自分の目でお確かめになったらいかが？　ラドラスから持ち込んだものは全て、ルクセリア公家の家紋が付いておりますわ。この国が用意したものならばそんなものが付いているはずがないでしょう？」

リンナの言葉を受けて、意外にも立ち上がったのオリーワだった。

「確かビューローとか飾り棚がそうでしたね？」

出掛ける前の私の言葉を覚えていたのね。オリーワは近づくと、それらに彫られた家紋を確認した。

「確かに、ルクセリア公爵家の家紋があります」

それご覧なさいというように、リンナが胸を張る。

「こちらに来てから買ったものにわざと家紋を彫らせたのかも……」

「一国の王妃の使う物を納めるのに、他国の紋を彫って届けてくださる商人がいるのでしたら、お会いしたいわ」

納得できずクレインが反論したが、結果はリンナの勝ちだ。

「私はこの国では、どんな風に言われているの？　正直に教えて」

「それは……」

「王宮の奥に引きこもり、最低限の社交しかせず、新しいドレスや宝石を買い込んだ時だけ上位貴族のパーティに顔を出す。夫である王を連れず、パーティでは男性に媚《こび》を売り、いつまでも我が国に馴染《なじ》もうとはしない女性です」

ルーグは言い澱《よど》んだが、オリーワが淡々と答えてくれた。

当然、それを聞いたリンナが怒りを露にする。

「勝手に外に出るなと言ったのは陛下でしょう。それでも上位貴族とのお付き合いは大切だからとパートナーがいないという辱めを受けながらも社交を続けていただけです。しかも何度も言いますが、姫さ……、フィリーナ様のドレスも宝石もラドラスからお持ちになったものです！」

「侍女殿の言う通りであれば、お怒りはごもっともだと思います」

オリーワが彼女の言葉を受け止めたので、リンナはやっと肩の力を抜いた。

「ですが、事実として宝石商やドレス工房の職人達が王妃宮に出入りをしています。これはどういうことでしょう？」

「その問の答えはあそこにありそうね」

私はローベルが持ってきた出納の書類を指さした。

「あれは？」

「王妃に使われたお金の帳簿よ。今まで侍女達を信じて一度も目を通していなかったのだけれど、一度ちゃんと目を通した方がいいと思って持ってきてもらったの」

「拝見しても？」

「どうぞ」

再びオリーワが立ち上がり、書類の束を持ってテーブルに戻った。

両側からクレインとルーグが一緒に覗き込む。

「エメラルドをお買いになってますね」

「買ってません！」

「先月にはドレスを五着あつらえてます」

「買ってません」

「姿見と花器も」

「買ってません」

オリーワが言う度、リンナが否定する。

ことここに至って、私には全容がわかってきた。

「それ、きっと侍女達が買ったんだわ」

また何か言いたげにクレインがこちらを見たが、無視して続けた。

「王妃宮に商人が出入りしたのが事実なら、ここで品物を受け取ってお金を支払った人がいるのでしょう？　でも私はそんなものを見たことがないし、商人にも会っていない。リンナも知らないのでしょう？」

「はい。金銭に関しては、侍女の一人、エリザ・コーナンという伯爵家の三女の女性が取り仕切っておりました」

「確かに、領収書にはその名前がありますが、王妃様の署名もあります」

「見せてください」

リンナは領収書を見ると、小鼻に皺を寄せた。

「偽物です。よく真似《まね》てはいますが、フィリーナ様の手ではございません」

「証明はできますか？」

「できます。フィリーナ様はお手紙など私的なもののサインと、公文書や書類にするサインを変えています。物品や金銭に関するものでしたら、公式のサインをなさるはずですが、これは私的なもののサインです。公式のサインを見たことがない者が真似たのでしょう」

言われて思い出した。私はこの国に嫁いでから、結婚誓約書以外に公的なサインをしたことがなかったと。

手紙は書いていたので、私的なサインを目にする者はいただろうが。

「つまり、辞めさせた侍女達が王妃様を利用して私腹を肥やしていた、ということになりますね」

「やはりあの者達がフィリーナ様に毒を……」

「リンナ！」

ルーグ達が顔をしかめる。

騎士である彼等は、王城内で毒殺騒ぎがあったことを恥と捉えているのだろう。

「毒を盛られたことは、軽々しく口にしてはいけません」

「……申し訳ございません」

私からの注意を受けて、リンナは項垂《うなだ》れた。

「先日のことは、体調を崩して長く公務を欠席したということになっております」

「陛下はそれを公表しなかったのですものね」

「当然だ、オリーワ。王城内部に王妃に毒を盛る者がいたなど、陛下が城内を把握していないと言うようなものだ。ひいては、アレウス王の統治を疑われることにもなる」

だから口外するな、なのよね。私のためでなく、自分のために。

「この帳簿、我々にお貸し願えませんか？」

まだ帳簿を見ていたオリーワの言葉に、私は首を振った。

「それはだめ。不正が疑われる証拠を渡せるほどまだあなた達のことを信用していないもの。でも調べることは止めないわ。その帳簿を調べたければここでして。それをそのまま持ってきたローベルは信用できる人かも、と言っておくわ。加担していたら『渡せない』と言ったでしょうから」

「わかりました。それでは、明日も午前中から来室してよろしいでしょうか？」

「いいけれど、明日も街へは付き合ってもらいたいの」

「……かしこまりました」

クレインはまだ不満を覚えているようだが、口にはしなかった。

「もしローベルが許すなら、あなた達の部屋を近くに用意させてもいいけれど？」

「是非お願いいたします。それと、侍女殿に、メイド達から話を訊く際に同席をお願いしたいのですが」

「それは彼女が決めることだわ。リンナ？」

「フィリーナ様の御身を守るためでしたら喜んで」

「では最後に、あなた達が見るアレウス王はどのような方？」

「立派な方だ」

やっぱりというか、クレインが語る。

「お辛いお生まれだったのに先王の支えになり、長く軍人として騎士団を率いていらした。王となられた後も、自ら動かれている。権力を振りかざしたり遊興に耽ることもない。もちろん、威厳も存在感もあり、剣も馬もご容姿も最高な方だ」

……これは本当に心酔してるのね。

「無口で、物事の駆け引きは得意ではありません。ですが、国民のために尽力なさる方です。王弟殿下だった頃には、有力貴族と繋がっていらぬ騒ぎを起こさぬために決まった女性とのお付き合いはありませんでした」

ルーグの方が一般的な評価ね。

「あの母親でなければ、ご幼少の頃から王族として扱われていたかもね」

「オリーワ」

オリーワがポソリと呟いた言葉をルーグが制止する。

「母親？　お母様がどうかなさったの？」

「いいえ、何でも……」

「とても美しくて王の寵愛《ちょうあい》を受けていたけれど、陛下の他に愛人もいたようだし、とにかく浪費が激しかった。その上、お身体が弱かったアンセム様ではなく、自分の息子であるアレウス様が王になるべきだと吹聴《ふいちょう》していた」

「オリーワ！」

再度ルーグが叱ったが、彼は動じなかった。

「陛下が一方的にフィリーナ様に冷たく当たっているのだとしたら、母君と重ねているからかもしれない。でも事実は違うんだから王妃様にお伝えするべきだと思うな。でなければ、理由もわからず、冷たくされるのは可哀想だ」

一番陽気で子供っぽいところがあるように見えたオリーワだったが、ひょっとして一番冷静なのかもしれない。もしくは、子供っぽい正義感を持っているか。

「王妃様は陛下がお嫌いだった母君に似ているんですよ。傾国の美女で、浪費家で、俺達を愛人候補として呼び寄せた。美人であること以外は誤解でしょうが、陛下はそう思ってるようです」

「……陛下は側妃のお子だったのよね？」

「そうです。金持ちのワガママ娘で実家の金が王に必要だとわかっていた。だから態度が悪く高慢だったので、あの女の息子を王にするなんて、という者もいました」

だから王家の血を引き、公国の姫である私を望んだ。それはわかっている。

「今はどうなさっているの？」

「亡くなりました、ご病気で。タスラー王、アレウス陛下の父君も病で。王妃様は二人目のお子様を身ごもってらっしゃる時にお子様と共に亡くなられました。先王のアンセム陛下は過労で亡くなってます。つまり、今王家の人間はアレウス王と王妃様だけです」

本来なら、嫁いできた私は義理の母になる人に宮廷の作法などを教えられ、他の貴族の婦人達に紹介されるはずだったけれど、それに相当する人は誰もいなかった。

だから私は孤立していた。

「一つ訊いていいかしら？　レガルザ侯爵家を知っている？」

「アレウス派の筆頭です。前財務大臣ですね」

「未婚のお嬢さんはいる？」

「いますよ、メリアンナ様だったかな？　それが何か？」

「いいえ、ちょっと気になっただけ」

その名前がどこにあったのか、まだ彼等には言えないわ。

「リンナ、今夜中にローベルに話をして彼等の部屋を調えて。ルーグ、オリーワ、クレイン、あなた達はすぐにこちらへ移ってきて。明日は朝食を一緒に摂りましょう。午前中は帳簿を調べて、また午後から街に出たいわ」

「かしこまりました」

「そのようにさせていただきます」

オリーワとルーグはすぐに返事をしたが、クレインは答えなかった。

「嫌なら任を下りていいのよ、クレイン。今の私は信用できない人を側に置きたくはないから」

「務めさせていただきます。陛下からの命令ですから」

私を信用してではなく、陛下の命令だから、ね。でも陛下に心酔している彼なら、その方が信用できるかもしれない。

「では下がっていいわ。今日はありがとう」

食事も終わり、三人を送り出すと、どっと疲れが出た。

ラドラスでは命を狙われるようなことはなかったし、権力闘争に巻き込まれたこともなかった。

でもここでは、そのことを考えなければならないのだわ。

怖いし、不安だけれど、私は一人じゃない。

私の中には強く生き抜いてきた前世の私がいる。

「フィリーナ様、入浴の支度が調いましたわ」

そしてリンナも……。

霧深い記憶の森で、時折姿を見せる前世の女性は、私と違って黒い瞳に真っ黒な髪をしていた。

膝が見えそうな短いスカートや、男性のようなズボンをはいて、大股で歩く。その姿はいつも自信に満ちていた。

コピーとか、タスクとか、電車とか、スマホとか、知らない単語を口にし、自分で料理を作り、買い物も一人で行ける。

友人がいないわけではなく、むしろ多いと思う。

お友達も皆、彼女と同じように世話を焼かれたり守られたりはしていない。

本当に私とは全然違うわ。

彼女は、街中で見知らぬ人にも気軽に声をかけていた。

「こんにちは、ご精がでますね」

「おばちゃん、今日は何が安い？」

庶民の言葉遣いだ。

一方で、きりりとした言葉遣いになる時もある。

「先方の要望を重視するよりも、将来への展望を説明し、それを実行するべきです」

まるで政務官のように。

私は垣間見る彼女に学んだ。

彼女は私の憧れとなった。

もっと、もっと強くならなくては。

彼女のようにはっきりとものを言い、彼女のように多様な考えを持たなくては。

彼女のように、一人で何でもできるようになり、彼女のように誰にでもはっきりとものが言えるようにならなくては。

彼女がかつての私だというのなら、今の私の中にもきっと彼女の強さは残っているはずだもの。

あの方の背中を見送って、気分を害さぬようにおとなしくしていた自分はもう終わりにしよう。

目覚めてから何度も決意したことを、また改めて心に刻む。

王妃としてこの国をよくするために働こう。

一人の人間として自立しよう。

その先に彼の振り向く姿があれば嬉しいけれど、手を取ってもらうことは考えないようにしよう。

「物事は一つずつ片付けるべきよ。何もかもに手を出すと何もかもが中途半端になるわ」

そんな彼女の言葉を金言として……。


その日から、私は毎日のように三人を連れて街へ出た。

髪の色は目立つのでカツラにし、服は最初の日に買った質素なものに。

ルーグ達は止めたけれど、構わずその格好で下町に向かい、あちこち歩き回った。もちろん荒くれ者がいそうなほど治安の悪いところは避けて。

前世の彼女のように、街を歩きながらそこらのおばちゃん達と話をしたり、おじさん達に色々な質問をしたりもした。

街では、私は商家に勤める下働きで、彼等は従兄弟《いとこ》達という触れ込みにした。でないと男性をぞろぞろと連れ歩くなんておかしいので。

知らないことは沢山あったけれど、彼等が色々と教えてくれた。反対に私が『彼女』の知識から得たものを彼等に教えたりもした。

街へ出掛けない日は、部屋に籠もって聞き回った資料を整理してを纏め、王妃宮の帳簿をチェックする。

「凄《すご》いわ。結婚してから『私』は何十着もドレスを作り、宝石もたくさん買ってるわ」

冗談めかして言うと、リンナが憤慨していた。

「こんなことあり得ません！」

私が帳簿をチェックできることに、ルーグ達は驚いていた。

どうやらこの国の貴族の女性はこういうことから遠ざかっているようだ。ラドラスは貿易で栄えた国だから、公女である私もある程度はできるのだけれど。

「これらが王妃様がお買い求めになったものではないというのは、どのように証明するおつもりですか？」

ルーグの言葉に、私は笑った。

「簡単なことよ。工房の人間にデザイン画を持ってこさせて、それと同じドレスが私の部屋にあるかどうかを確認すればいいわ。そして同じデザインのドレスを着ている女性がいればその方が犯人とすぐにわかるでしょう」

勝手にドレスを作られていることすら知らなかったから、目の前でそれを着ていても気付かなかっただろう。でも私はもうそれを知っているので探すのは簡単だ。

「デザイン画はあなた達もよく見ておいて。同じドレスを着ている女性がいたら教えて。多分元侍女達が着てると思うから。ああ、彼女達の名前はこちらに書いてあるわ」

宝石にしてもそう。

王妃が買うような高価なものはなく、ブローチやペンダントやイヤリング、指輪に至るまで皆石が小さい。

自分のものにした時に大粒のダイヤでは目を引いて出所を怪しまれるから、彼女達の身分に合う程度のものにしたのだろう。

納品書に石の種類も大きさも、デザインも書かれていたので私の宝石箱を見ればすぐに私が手に入れていないとわかる。

杜撰《ずさん》だわ。

誰かが入れ知恵したとしても実行犯はかしこいとは言えない。

そういうことがわかってくると、三人の態度は少しずつ変化していった。

ルーグとリンナは書類のチェックをしているうちに仲良くなってきたし、オリーワも気さくな付き合いをしてくれるようになった。最初は拒絶していたクレインも、まだ愛想は悪いが皮肉の数がぐっと減った。

パーティへの出席は、まだ体調を崩しているからとキャンセルし、その間ずっと五人で過ごしていた。

リンナには、『人が変わられたようですわ』なんて言われてしまった。『小さい頃に戻られたみたいですわ』とも。

それを聞き付けたルーグ達に、王妃様はどんなお子様だったのですかと尋ねられ、差し障りのない程度、私の武勇伝を話してしまった。

お兄様に付いてお忍びで街に出たり、お金を持って店で買い物をしたり、公宮の庭の池で魚を捕まえようとして落ちてしまったりと、恥ずかしくなるようなことを。

でもそれで彼等とリンナが楽しげにしているのならと、目を瞑《つぶ》ることにした。

「私の毒殺犯については、まだ何も分かっていないのかしら?」

尋ねると、ルーグが答えてくれた。

「内々に調査は行われたようです。しかし犯人は見つかっていないみたいですね」

「お茶の出所は調べたのでしょう?」

「陛下がお買い求めになったことになっていたようですが、もちろん品物を受け取ったのは使いの者で、正体はわかりません。大々的に調べればわかるのでしょうが、それでは王宮内に謀叛《むほん》の意思がある人間が跋扈《ばっこ》していると公表するようなものなので……」

「陛下の威信に傷が付く、ということね？」

「確かにそれもあるでしょうが、はっきりしない限り犯人を刺激して王妃様に再び危害が及ぶことを恐れているのかも」

「陛下のお心遣い？」

「お二人の間には誤解がある、ということをお忘れになりませんように。少なくとも、アレウス王は我々が忠誠を誓えるほどのお方です」

そうね。きっと殿方にとっては尊敬すべき方なのでしょう。けれど……、夫としては冷たい方だわ。

誤解があるのだとしても、私のことなど少しも考えていないとしか思えない。

苦笑すると、オリーワが続けて訊いた。

「王妃様、証拠を集めたらどうするつもりですか？」

「あなた達に渡すわ」

「俺達に、ですか？」

「ええ」

「それはどうして？」

「臣民から信用も愛情も受けていない私には、働かない侍女をクビにはできても貴族を罰するだけの権限があるかどうかはわからないもの。そのための方法もね。そもそも私の言葉を信じてくれる者がいるかどうか。だから罪を罰する方法を知っている陛下の騎士に任せた方がいいと思うの」

オリーワはちょっと眉を顰めた。

「それで俺達が何にもしなかったらどうするんです？」

「どうもしないわ。この国はそこまでの国だと思うだけよ。陛下が信頼して配してくれた騎士とはこの程度の者なのか、陛下は人の命や国の財政に関しての意識がこんなにも低い方なのかと。そして今以上に自分の身辺に気を付けるでしょうね」

「手厳しいなぁ」

笑っているけれど、目はちゃんと真剣だった。彼には、私の言った言葉の意味がわかっているのだろう。

その辺の者が勝手な感想を述べているのではない。国の中心にいる者が、王妃が、この国も王も駄目だという裁定を下すという意味を。

それはいつか『現実』に繋がるかもしれない。

つまり、私個人の不満ではなく、国民が同じ不満を口にするようになる可能性が大きいということ。国民が、この国は、王は、もう駄目だと言い出すかもしれないということ。

国民の不満が大きくなれば、国は危なくなる。

彼はその危機を察したのだ。

「王妃様はどうなればいいと思ってます？」

「悪いことした人には罰を与えて欲しいだけです。二度と同じことをしようとする人が現れないように。この国は正しい国だと臣民が信じてくれるように」

「信じてもらえる正しい国、ですか。肝に銘じます」

彼等なら、やってくれるのではないかと思っていた。

陛下が選んだ騎士というのもあるけれど、彼等は私の言葉を聞いてくれた。私のお忍びにも黙ってついてきてくれている。

私はもうこの三人を信用していた。

そして何となくだけれど、リンナとルーグがいい感じなので、リンナの見る目も信用している私としてはより信頼度が上がる。

街を歩いて、調べ物をして、親交を深めて、あっと言う間に二週間が過ぎた。


「本日は、騎士の皆様はいらっしゃいません」

と告げて来たのは、ローベルだった。

「お仕事？」

「いいえ、本日は陛下が王妃様とお茶をとおっしゃっておりますので」

「陛下が？　お戻りになったの？」

「はい昨日」

また事後報告なのね。

「そう。わかりました」

今日は外出はナシだわ。

でも、もう帳簿のチェックは殆ど終わってしまったのよね。

仕方なく、着替えてから部屋で朝食を摂り、街を歩いて気づいたことをまとめていた。

この国は、まず外貨を稼ぐ方法を考えないと。それから食料よね。できれば農地や漁港にも視察に行きたいのだけれど、さすがにそうなると泊まりがけになってしまうから無理だろうけれど。

そんなことを考えていると、ノックの音が響いた。

「どうぞ」

私が答えてリンナがドアを開ける。

すると彼女が息を呑んだのがわかった。

「リンナ？」

彼女はよくできた侍女だ。その彼女が息を呑んだことで、私は暴漢が侵入したのかと立ち上がった。

だが、部屋に入ってきたのは暴漢より始末が悪い人だったかもしれない。

「……陛下」

相変わらず黒い軍服に身を包んだアレウスが、ズカズカと部屋へ入ってくる。

立ったままだった私は、彼に礼をとった。

「先触れをいただければお茶の用意などしておきましたのに。散らかしていて申し訳ございません」

直接部屋へいらっしゃるならば、普通は召し使いが来訪を先触れするものなのに。

「席を外せ。妃と二人で話がしたい」

私の言葉に返事はなく、彼はリンナに命じた。

「……お茶はいかがいたしましょう」

「呼ぶまで入るな」

「仰せの通りに」

リンナが出て行くと、彼は椅子には座らずゆっくりと部屋を歩き始めた。

何をしているのかと思ったら、どうやら家具を一つ一つチェックしているようだ。

「彼等が言ったことは本当のようだな」

その一言で、彼が何をしていたかを理解した。

アレウスはルーグ達から報告を受けて、この部屋にある家具に公爵家の紋があるかどうかを調べていたのだ。

一通り見た後で、彼は私の正面に座った。

深い青の瞳が真っすぐにこちらを見る。

整った顔は、どうしても無表情だと怖く見えてしまう。まるで怒ってるみたい。私のことが嫌いなら同席すること自体が不快ではあるのでしょうけれど。

「すまなかった」

……え？　一瞬私は自分の耳を疑った。

「事実を知らず、一方的に決めつけたことを詫びよう」

謝ることなど知らない人だと思っていたのに、アレウスは目の前で頭を下げた。

王であっても、過ちを認め謝罪のできる人なのね。顔を上げた彼の顔が謝罪をする人の顔には見えないほど不機嫌なのは、反省しているからかしら？

「商人達にも確認を取ったが、誰一人王妃に会った者はいなかったようだ。ドレスは自分とサイズが同じだからということで別の女性に合わせて作ったと。宝石の方も、王妃は下《げ》賤《せん》の商人と直接会うことは望まないと言われていたそうだ。まさか宮廷内でそのような嘘をついて横領が行われるとは考えていなかったと」

そうでしょう。王妃の名を騙る横領など、大罪ですもの。

「陛下は犯人をどうなさるのですか？」

「もちろん、断罪する」

「犯人が侍女であることは明白ですが、いずれも名のある貴族のお嬢さんだったと思いますが」

「地位があれば犯罪が許されるわけではない」

きっぱりとした口調。己の面子というよりも、犯罪自体を憎んでいる声の響き。

「だがお前も、そこまでされたのに気づかないとは迂闊《うかつ》だったな」

……素晴らしい方なのだわと感激したのに。

「陛下自ら私のために選んでくださった侍女ですから、疑うことは不敬かと」

私が悪いと言わんばかりの言葉に、ほんの少し抵抗する。

「陛下は女性にご興味がないようですから、仕方ありませんわね」

目を逸《そ》らさず微笑み、初めて彼に厭味を言ってしまった。

「侍女を選定したのは宰相のエアストだ。ではエアストも罰しなければならないな」

「罪を犯したのはエアスト殿ではありませんわ。そのようなことは不要です」

「では王妃の優しい言葉に免じて、彼を罰するのはやめよう」

私の言葉を利用して、自分の責任も回避したのね。選定したエアストを罰しないのなら、侍女を付けろと命じたあなたを罰するわけにはいかないもの。これは王として有能というべきかもしれないけれど、狡《ずる》いわ。

「贅沢はしていないとは言っても、ここにあるものは我が国の支払った支度金で買ったのだろう。我が国の血税を……」

「これは支度金で買ったものではありません」

「何？」

「彼等に聞かなかったのですか？　これらは全て国で使っていたものです。ドレスは誂《あつら》えましたが、宝石は母から譲り受けたものです。父はお金で娘を売り渡したくないからと支度金には手を付けないと言っておりました」

「それだけラドラスが裕福だったと？」

「属国なのにご存じないとは。本当に陛下は事実に目を向けぬ方ですのね」

私の頭の中に、男性達と口論する『彼女』の姿が浮かんだ。

彼女にできたのだもの、私だってできるわ。

「それだけ裕福だというのなら、何故ラドラスは戦時の協力を断ったのだ」

「協力を要請された覚えはございません」

「使者も来なかった、と？」

「使者は参りましたが何もおっしゃいませんでしたわ。それで父も何をしに来たのかと不思議がっておりました」

「そんなことがあるか」

「我が国では使者様を歓迎するパーティを開きました。出席した貴族達に聞いてみればすぐにわかる事実ですわ。ああ、陛下は事実確認を怠る方でしたわね。我が国が豊かであることは私の婚姻を申し込みに来た使者から報告があったのでは？」

「あれは私の送った使者ではない」

「だから報告も受けなかった、と？」

「……特に報告はなかった」

彼は不服そうに視線を逸らした。報告を受けなかったことを後悔するように。

それにしても不思議だわ。どうして使者達は王に何も報告しなかったのかしら？　ラドラスが裕福だとわかれば、援軍を頼まなくても『お宅はお金があるようだから』と資金援助を申し出てもいいと思うのに。

「ラドラスを悪く言うのでしたら、タスラー王の葬儀にも、アンセム王や陛下の戴冠式にも招待されなかったことの方が非礼ではありません？」

「援軍を断った国を招待するわけがないだろう」

「ですから、援軍の依頼はありませんでしたと申し上げております」

彼は憮然《ぶぜん》としたまま口元を引き結んだ。

私の言っていることは事実。調べられても困ることは一つもない。

一方のアレウスは『知らない』ことが多過ぎて反論ができない。

「わかった。早急に私の部下を内密でラドラスに送って事実確認をしよう」

彼が自分の非を認めてくれた。私の言葉を確認しようとしてくれた。ほっとしたのもつかの間、今度は別の咎めを受けてしまった。

「しかし、王妃が公然と愛人をはべらせるということは許しがたい。やるならもっと密《ひそ》かにやってもらいたいものだな」

軽蔑するような笑みを浮かべる彼の表情。

「私は彼等を愛人になどしていません！」

怒りに思わず声が大きくなる。

「隠さなくてもいい。私から目を逸らさずにものを言うほどの強さがあるとは知らなかった。さぞ奔放に彼等を籠絡したのだろう。でなければ三人がお前を擁護するようになった理由が考えられない」

三人が私を擁護してくれた？　本当に？

「憶測でものを言うのは止めてください」

「憶測、か。では何故王妃宮に部屋を与えた？　ローベルから聞いているぞ、毎日朝から晩まで三人と共に部屋に引きこもってるそうじゃないか。いや、部屋ではなくてベッドか？」

「私はまだ誰とも閨《ねや》を共になどしていません！　……ええ、どなたとも！」

最後の一言は夫であるあなたにも、という皮肉だった。

夫であるあなたにすら触れられていない身体を他人に差し出したなんて。あなたに忠誠を誓う騎士を疑うなんて。初めて彼に怒りを感じ、涙が浮かんだ。

「私を侮辱するのもいい加減になさってください。彼等は護衛騎士として側に置いているだけです。部屋に籠もっていたのは不正帳簿を調べていたからです」

その怒りを隠さずに睨みつけると、彼は少し視線を和らげた。

「王妃宮には護衛の衛士《えいし》がいるだろう。帳簿を調べるだけならば彼等に帳簿を渡せばいいだけだ」

「そこまで彼等を信用していませんでした。帳簿をあなたに届け、あなたがそれを破棄してしまえば何もなかったことになってしまいますもの」

「彼等だけでなく、私も信用していないというわけだ。だがその信用していない人間と一日中一緒に過ごすというのは齟齬があるのではないか？」

彼の言葉に、三人が私との約束を守り通してくれたことがわかった。国と陛下を裏切らず、犯罪ではないのならばという誓いをまっとうしてくれたのだ。

彼等の潔白を示すために、私は事実を口にした。

「ずっと部屋に籠もっていた訳ではありません。彼等を伴って街へ出ていたのです」

「街へ？　王妃が視察を行っているという報告はないぞ。それとも、またそれも報告が止まっていると言うのか？」

「最初に彼等に約束をしていただきました。国と陛下を裏切らず犯罪でないことを前提に協力して欲しいと。お忍びで出掛けるので、護衛として騎士が必要だったのです。愛人などと言い出したのは私ではなく陛下ですわ」

「お前のようなお姫様がお忍びで街へ？　そんな必要がどこにある？」

本当に私はお人形か何かのように思われていたのね。いえ、今までの私ならば仕方がないことだけれど。

「私は陛下と違って事実は自分の目で見たいと思う人間ですので。民の暮らしをこの目で確認したかったのです」

アレウスはムッとした顔になった。

「私が民に目を向けていないというのか？」

「私は陛下の日常を知りませんのでそれはわかりませんが、事実確認を怠っていたのは幾つかの事象で証明されているのでは？」

彼は無言のまままた私を睨んだ。

ラドラスの国情も、私の贅沢も、騎士の扱いも、あなたは確かめなかった。だから何も言えないのでしょう。

私が怯まずに彼の目を見つめていると、アレウスは小さく息を吐いた。

「……いいだろう。お前の言う通り、私は事実確認を怠った。明日は私がそのお忍びとやらに付いて行き、この目で確認をしよう」

「え？」

あなたが私と？

「嘘でないのなら、慌てることはないだろう？　それとも、今から訂正するか？」

嘘だと思ってるのね。本当に私は信用がないのだわ。

「妻に予定も報告できないほどお忙しい陛下のお時間がいただけるのかと心配しただけですわ。喜んでご一緒しましょう」

何一つ恥じることはしていないもの、そのお申し出、喜んでお受けしますわ。

「では明日、朝食が終わった後にここへ来よう。支度して待つといい」

「お忍びで参りますので、軍服はおやめくださいね」

「そちらも、ドレスは遠慮してくれ」

アレウスはそのまま部屋を出て行こうとして、足を止めるとこちらを振り向いた。

「金銭のことに関しては、改めて謝罪しよう。後で帳簿を届けなさい。私も確認する」

ほんの少しだけ労《いたわ》るような声。

すぐに背を向けて出て行ってしまったけれど、彼は振り向いてくれた。振り向いて、私に謝罪をし、労ってくれた。

たった一言だったけれど、それがとても嬉しかった。

残された私はベルを鳴らし、リンナを呼ぶとお茶の用意を頼んだ。

「陛下はお戻りになったから、リンナと二人でいただくわ。騎士達はもう今日は来ないでしょうし、ゆっくりしましょう」

明日は陛下と一緒に街へ出る。

それは結婚してから一番長く彼と過ごす時間となるのだろう……。


礼服や軍服を着て硬い表情のままのアレウスを美しい殿方とは思っていた。

けれど翌日、朝食後にいつもの三人を従えて現れたアレウスの姿は、美しいというよりも粗野で野性味のある男性だった。

艶《つや》やかな黒髪をいつもより乱雑に崩し、襟元の開いた粗末なシャツにハイブーツ。剣は下げているけれど、それも飾りのない物。

厭味っぽい笑みは浮かべているが、無表情の冷たい顔を見慣れていたから魅力的に思えてしまう。

これが彼の素なのだろうか。いつもと違う彼にドキドキしてしまう。

「ほう、見かけだけは質素な装いもできるようだな」

アレウスはいつもの黒髪のカツラに街歩き用の服を纏った私を見て言った。

「もう何度も出てますもの、慣れたものですわ」

素っ気なく言って視線を逸らす。浮かれてはだめよ、誘われて散策するのではなく、疑いを晴らすための同行なのだから。

「陛下、どうか我々をお連れください。お二人だけでは危険です」

そう言ったのは、陛下好き好きクレインだった。

「私の腕前では不安か？」

「そうではありませんが、何かあった時に……」

「お前達は王妃を気に入っているようだからな、彼女の嘘に協力されては真実を見抜けない」

「そんなことは致しません。我々の忠誠は陛下にのみです！」

「お二人だけで出掛けるのがよろしいでしょう」

いつもは砕けた様子で話すオリーワも、王の前では騎士らしい話し方になるのね。

「陛下御自ら、王妃様の行動を確認なさって判断されるのがよろしいと思います」

「オリーワ」

「今まで間に人を挟んだせいで問題が起きたのです。直接お言葉を交わされることで真実が見えることでしょう」

「そうだな。是非真実を見極めて来よう」

オリーワの助言を受けたというより、私が街で狼狽《うろた》える様を見ることが真実だと思っているような言葉だわ。

「ただ街までの御者は必要でしょうから、それは私が務めます」

クレインとルーグ、それにリンナの三人に見送られ、私達は使用人通路を通って裏門へ向かった。

門番にはオリーワが対応し、用意していた馬車に乗り込む。

「今日はどちらへ行きますか？」

「ハンナの食堂へお願い。馬車はいつものところで待っていてくれればいいわ」

「かしこまりました」

馬車の中で、アレウスは何も言わず腕を組んでこちらを見ていた。彼と会話が弾むなど考えていなかったからいいのだけれど、じっと見られるのは落ち着かない。

私を見つめる目が、いつもの冷たい目ではない気がして。

かと言って好意のある視線とも思われない。

そうね、まるで観察されているみたいだわ。

私はと言えば、素敵だと思ってしまった彼を注視することができず、視線を窓の外に向けてしまった。

いつもより長く感じる無言の道程。

「到着しました」

オリーワがそう声を掛けてくれた時には、心底ほっとした。

馬車が停まり、私が立ち上がる前にアレウスが先に立って馬車を降りる。手を貸してくれるかと思ったけれど、彼は私に背を向けて辺りを見回していた。

「ここはどこだ？」

「下町の食堂の前です」

簡単に答えて、私は御者台のオリーワを見た。

「夕方まではあの店に行くわ」

「あそこでずっと待っています。夕べの鐘が鳴ってもいらっしゃらなければ捜しに出ます。どちらを回るのかご予定をお聞かせ願えますか？」

「ハンナの店を出たらローダ通りを歩いてミトの工房に顔を出して、最後に孤児院にいくわ。陛下が途中で帰ると言わなければ」

オリーワはにこっと笑った。

「リーナなら大丈夫だよ。それじゃ、また後で」

走り去る馬車を見送って手を振っていると、耳元で低い声がした。

「特別な呼び名とは、仲がいいな」

近すぎて思わず飛びのいてしまい、笑われた。

「特別な呼び名ではありません。お忍びですから三人には『リーナ』と呼ぶように命じてるのです。陛下も、別のお名前の方がよろしいかと思いますが、何とお呼びすれば？」

「アースでいい。話し方も変えろ、町娘にしては丁寧過ぎる」

「いつもはそうしてます。ではここからはアースとリーナで。話し方も変えさせていただきます」

「いいだろう」

「では、まずはこの店に入ります」

私は目の前の食堂を示した。

「他の人の前ではあまり尊大な態度はとらないでくださいね。そんな態度をしたら臑《すね》を蹴りますから」

「私の臑をか？」

そんな驚いた顔をしなくてもいいのに。

「ええ、そうよ」

一行は、まだ開店していない小さな食堂の扉を開けて中に入る。忙しくテーブルを拭いていた恰幅《かっぷく》のよい中年女性が気配を察して振り返った。

「ごめんよ、まだ店は……、あれリーナじゃないか」

この女性がハンナだ。

「こんにちは、おばさん」

「今日はまた違うイケメンが一緒かい。その人も親戚かい？」

「ううん、親戚のお友達。ここいらは初めてだって言うから案内してるのよ」

「そうかい。いいねぇ、いい男ばっかりで」

おばさんと一緒に笑い合う私を見て、アレウスは驚いた顔をしていた。

まあびっくり、この人もこんな顔ができるのね。

「ルーグ達のことよ。一緒にここへ来てるの」

「そうそう。ちょうど今あんたが教えてくれたパンが焼き上がったんだけど、一個味見してくかい？」

「二個頂戴。この人にも食べさせたいの。お金は出すからお茶もお願い。あそこに座っていい？」

「ああいいとも。あんたには感謝しかないからね」

私はアレウスに視線を送り、店の隅の席を示した。

まだ客を入れていない店の隅、二人で向かい合って座ると、すぐにハンナがお茶と小さな焼き立てのパンを持って来てくれた。

「ゆっくりしてきな。私らはまだ準備があるから」

そして何も知らないから、アレウスに向かってこう言った。

「兄さん、あんた独身ならリーナはお買い得だよ」

「どこが?」

失礼な言葉だけど、おばさんは気にせず笑った。

「どこがってあんた、こんなに美人で気立てもよくて料理も上手い。前の人達は親戚だっていうからあれだけど、あんたは血が繋がってないんだろ? だったら早く口説いた方がいいよ」

そして王様の背中をパンパンと叩《たた》いていい匂いのする厨房《ちゅうぼう》へ戻って行った。

「お口に合えばいいんですけど、よかったら食べてみてください」

「これは……?」

彼は皿に載った小さなパンを見つめた。

「私が考案したパンです」

「考案? ただの小さいパンだろう」

「いいから食べてみてください」

恐る恐る彼がパンを口に運ぶ。私も自分の分を齧《かじ》った。一口でいけるくらいの大きさだけど、彼の前で大口を開けるのが恥ずかしくて半分ほどを齧る。

「……中に何か？」

「ん、今日はチーズだわ」

「いつもは違うのか？」

「余ったクズ肉やクズ野菜を味付けして入れることもあります。焼きたてのパンは柔らかいでしょう？」

「ああ」

「でも夕方にはもう硬くなるの。使ってる粉がよくないし生地を発酵もさせてないから。大きなパンを焼くと最初はよくても最後には堅いパンをスープにつけて食べるしかないので小さくしました。小さいのにすればすぐ焼き上がるからいつでも焼き立てが出せます。でも小さいと食べ応えがないから中にチーズなどの具を入れることを提案しました。料理の途中で出るクズ肉や野菜端なら材料費も負担にならないでしょう？」

「……なるほど」

感心したように彼が頷く。でもこれは『彼女』の世界で見たもの。前世では、もっと色んな種類の具入りのパンを見たので、ここでもできるのではないかと思ったのだ。

「どうしてこんなことを考えた？」

「おばさん達がお金を稼げるようにです。そして貧しい人にも楽しみを与えるため。このパンの中身は余った食材次第で変わるの。今日の中身は何だろうなって考えるのは楽しいでしょう？」

「この店だけに儲《もう》けさせてやるのか？　あの女将《おかみ》は知り合いだったのか？」

「いいえ。知り合いだから助けたんじゃありません。この店だけを儲けさせてるわけでもない。この店が儲かれば忙しくなって人を雇って雇用が生まれます。店にお金が入ればこの店の人が買い物をしてその店にもお金が回る。そうして少しずつみんなにお金が回るようになればと考えてです」

私を見る彼の目が、少し和らいだ気がする。

でも意地悪な光は消えていないわ。

「確かにそれは重要だが、金が回るだけでは豊かにはならないだろう」

「ええ。外から入ってこなければただぐるぐるとお金が回るだけだわ。でも彼等には外に向かって売るものがない。だから工夫をするの。同じものが高く売れるように。そして働いていない人に働き口を作りたい。本当はもっと貧しい地域に行きたかったのだけれど、それはルーグ達が許してくれなくて。危険過ぎるって」

「それはそうだろうな。女というだけで危険だ」

「でもそこにも女性は暮らしているわ。その女性達は女性であることを搾取されている。

他に働く道がないから。彼女達に別の働き口を与えたいの」

前世、女性達はどこででも男性と同じように働いていた。今すぐあんな世界は作れないだろうけれど、少しでもあの姿に近づけたい。

「アースが私のことを嫌いなのはわかっています。でも全ての女性を嫌ってるわけではないのなら、そんな女性達のことを考えてみてください」

この一言で、彼の瞳にあった意地悪な光も消えた。

「……嫌っているわけでは」

彼は何か呟いたが、私には聞き取れなかった。

「さ、食べ終わったら、次に行きましょう」

私はハンナに声を掛け、代金をテーブルに置くと店を出た。

オリーワに告げた通り、ローダ通りという小さな商店が並ぶ場所だ。

「おや、リーナ。今日のお連れは一人かい？」

入ってすぐに、陶器の店のおじさんに声をかけられる。

「ええ、ここは顔見知りがいっぱいだから本当は連れなんかいらないんだけど」

「それでもこんな美人なら心配さ、なぁ兄ちゃん」

背後に立つアレウスからの返事は聞こえなかった。

「この間言ってたガラクタ、売れた？」

「おお、売れたよ。あんたの言う通りだった。大した額にゃならないが、捨てるよりはいいやな」

「何を売ったんだ？」

また耳元で囁く低い声、ドキッとする。

「耳元で囁かないでください。……絵付けの失敗や焼きムラのある陶器を格安で売るようにしたの。ちゃんとした商品じゃないって説明を付けてね」

「そんなものが売れるのか？」

「ちゃんとした食器を買うお金がない人も、食器は欲しいものです。多少の失敗があっても素焼きのものより綺麗な食器が買えるなら欲しいと思う人はいると思ったの」

これも『彼女』の世界で見たことだ。

「だがそれでは正規品の足を引っ張ることになる」

「ちゃんと食器の裏に二級品の印しを付けてあるわ。貴族が使うような高級品を扱う店だと困るでしょうけど、ここぐらいだったら大丈夫でしょう」

おじさんに別れを告げ、更に道を進む。

通り沿いにある店の人達はもう顔なじみなので、皆が声を掛けたり手を振ってくれた。

「よう、また来たのかい」

「リーナ、また寄っとくれ」

「今度はうちの店にも何か考えとくれよ」

刃物を扱う店の前を通ると、そこでもまた声を掛けられた。

「リーナ、待ってたんだよ。お礼を言おうと思ってね」

「お礼？」

「ああ、あんたの言う通り、研《と》ぎの出歩きをさせたら随分客が来たそうだ。スタイは今日も出てるよ」

「よかった。やっぱりやってみるものでしょう？」

「そうだな。スタイが、あんたが来たら渡してくれってものがあるんだ。ちょっと待っててくれ」

おじさんは一旦店の奥に引っ込んだ。

「今度は何をさせたんだ？」

「刃物の研ぎです」

「研ぎ？」

「ええ、普通は刃物の店に持って行ったり自分で研いだりするでしょう？　でも刃物は金属で重たいし、自分では上手くできないこともある。だから、研ぎ師に砥石《といし》を持って街を歩くようにさせたの。出張研ぎ師ね」

「それで儲かるのか？」

その問いには、店から出て来たおじさんが答えた。

「オレもあんたと一緒で、そんなもんでもうかるのかと思ったんだが、研ぐ気がないヤツでも、研いでくれるもんが家の前まで来てくれるんなら、ちょっと研いでもらおうかって気になるらしい。ついでに新しいナイフを幾つか持たせて売らせたら、結構売れたよ」

「買い物って、目の前にあるとつい買っちゃうのよね」

おじさんはその通りだと言うように、にこにこと笑って頷いた。

「ほれ、スタイからあんたにだ」

差し出されたのは、小さな赤い花の刺繍された木綿のハンカチだった。

「可愛《かわい》い。いいの？」

「ああ、もちろんさ。スタイに喜んでたって言っとくよ」

「……スタイとは誰だ？」

アレウスが訊くと、おじさんは胸を張った。

「俺の息子さ。腕のいい研ぎ師だぜ。将来有望だ。リーナを嫁にしたがってるよ」

その言葉に私は笑った。

「いいわね。スタイは顔もいいし」

と言った途端、アレウスに腕を摑《つか》まれた。

「街の男をたぶらかす気か」

「兄さん、冗談だよ。そんなヤキモチ焼きなさんな。俺の息子はまだ十四だ」

おじさんにゲラゲラと笑われて、アレウスは手を離した。

「ヤキモチなどではない」

「そうよ、この人心配性なだけ。それじゃ、またね。スタイによろしく」

刃物の店を離れると、私はくるりと振り向いてアレウスを睨んだ。

「もういい加減私を身持ちの悪い女と見るのを止めてください」

「そこまでは思っていない。既婚女性が街で男に言い寄られて喜ぶのは不埒《ふらち》だと思っただけだ」

「街の人達は冗談で『嫁に来い』と言うのよ。軽く受け流すのが礼儀だわ」

かく言う私も、最初に言われた時には驚いて戸惑った。けれど笑いながら『ありがとう』と言えばいいのですとオリーワに教えられたのだ。

「冗談で言う者ばかりではないだろう」

「本気なら断ります」

「断れるのか?」

「……私をどう思っているの?」

侮辱されたのかと思ったが、そうではなかった。

「お前のことはわからない。だが女とはそういうものだと思ってる」

アレウスの目が、遠くを見つめる。

「私の母はそういう女だった」

吐き捨てるような言葉を呟いて。

「私の母は、王の側妃になってから贅沢三昧だった。下心を持って優しくする者達にちやほやされれば、すぐにそいつ等を愛人にした。王の手がついた女性達も同じようなものだった。だから女とはそういうものなのだと思っていた」

初めて聞いたわ。いいえ、彼が自分のことを私に話してくれたのが、初めてだわ。

「そうではない女性とは知り合わなかったの？」

私の問いに、彼は冷笑する。

「知り合わなかったな。私が妾腹《しょうふく》の第二王子である時には兄に媚《こ》びるために虐げてきた連中が、即位した途端におもねるようになった様も見てきた。結局、女が欲しいのは地位と金だ」

両親は仲がよく、父には側妃というものがいなかった。けれど本来ならば正妃であろうと側妃であろうと、妃である以上お相手は王一人のはず。なのに彼は自分の母が夫を裏切る行為を見続けていたのだ。

私は生まれた時から公女で、立場が変わることはなかった。だから周囲の人々の態度が変わるという経験もない。けれど彼は人の態度があからさまに変わることを経験してしまったのだ。

そんな人々を子供の頃から見続けていたのだとしたら……。

彼の、拒絶するような態度の理由が、初めてわかった。

「ごめんなさい……」

「何を謝る」

「知らなくて……、知ろうとしなくて……」

「くだらない」

彼は私の頭に手を置いた。

「今のはお前を誤解した理由を述べただけだ。謝られるようなことではない」

手はすぐに離れ、彼は背を向けてしまったけれど、私はその背中に訴えた。

「でもあなたが出会ったような人達ばかりではないわ。そうじゃない人達だってたくさんいるはずよ」

だから全てを拒絶しないで。

「現にルーグ達はお金や出世のために働いているのではないと思うわ。戦争を終わらせた王に忠誠を誓っているのじゃなくて?」

それは彼も認めるのだろう。反論はなく、黙ったままだった。

私がいる、とは言えなかった。彼の冷たい態度の理由を知ろうとせず、ただ自分を憐れんでいた私にはその権利はない。

「もういい。次はどこだ？」

「……次はミトの工房よ。この道の奥なの。ミトの工房では布製品を作ってるのよ」

暫く無言のまま私の後ろを付いて歩いていた彼が、ポソリと呟いた。

「少なくとも、お前が私の知っている女達とは違うことだけは認めよう」

「……え？」

聞き間違えたかと思って振り向いたが、アレウスはいつもと同じ顔だった。

認めてもらいたい、振り向いて欲しいという気持ちからの空耳だったのかしら。

本当にそう言ってくれたのなら、とても嬉しいけれど……。

暫く進むと商店街が終わり、その道の先に横に大きな建物が見える。

あれがミトの工房だ。服や布小物などを作るところで、寝具なども扱っている。

私がここを知ったのは、休憩に出てきた少女達と出会ったからだった。

まだ親の庇護《ひご》が必要な年齢の娘達がたくさん働いていると知って驚いた。でもここでは当たり前のことなのだとルーグ達に教えられた。

戦争があって、男手がなくなったら、働くのは女子供しかいないのだと。

私には『子供を働かせるな』とは言えない。その代わり、彼女達が少しでも楽になる方法を考えてあげたくて立ち入った。

「あそこがお前の言う工房か」

「ええ、そう。アレ……、アースはお忍びで街を歩いたりしなかったの？」

「王弟の頃にはよく出たが。ここいらには来ていないが、他の場所は歩いている。ルーグ達は比較的安全な場所へお前を連れてきたのだろう。私が歩くのはもっと危険な場所だ」

「まあ、そういうところに、行きたいわ」

「ばかか、お前は。危険だと言っただろう」

彼の手が私の頭に置かれ、今度はくしゃりと髪を搔《か》き混《ま》ぜた。

「カツラがズレてしまうわ」

さっきより私に触れるという意識のある行動にドキリとしてしまう。騎士達は私に触れることはなかったし、相手はアレウスなのだもの。

ミトの工房には、入るつもりはなかった。中はまだ仕事中で、邪魔をするわけにはいかない。でも工房の主であるミトばあさんが私に気づいて出てきてくれた。

「またあんたかい」

「こんにちは」

痩せて目付きの悪いミトさんは、今までの店の人達とは違って笑顔を見せない老女だ。誰もが私を歓迎してくれるわけではない、と戒めてくれる存在でもある。

「孤児院から品物は届いています？」

「ああ」

「売れてます？」

「まあまあだね。だが、面白がって買ってくれるもんはいるよ」

「じゃ、ずっと仕入れてくれてるんですね」

「まあね」

ミトさんは何か言いたそうだったけれど、私の後ろに立つアレウスを見て口を閉じた。

私に悪態をつきたかったのだろうが、アレウスがいつもの三人より怖そうだから止めたというところかしら。

「女の子達の休憩は？」

「取らせてるよ。確かにあんたの言う通り、細かい休みをやった方が能率はよかったからね。その分遅くまで働かせると明かりの油が高くなって困る」

「それなら朝早くから働けばいいわ。日があるうちに窓を開けて働けば明かりはいらないでしょう？」

「なるほど。そいつはいいね」

「暗い部屋で働かせると目が悪くなって失敗も多くなるわ。そしたらミトさんも儲からないでしょう？　儲けるためには気持ちよく健康に働かせないと」

「ハッ、気持ち良く健康にね。甘やかすと付け上がるだけさ」

「甘やかすほど親切にしてないのに」

「何だって？　まあいい。儲け話は嫌いじゃない。結果が出る限りはくだらない話にも耳を傾けてやるさ。あんた、今日は孤児院行くのかい？」

「これから行くわ」

「ちょうどいい。それならハギレを持って行っとくれ」

「ええ、いいわよ」

ミトばあさんは奥から箱一杯のハギレを持って来ると私に押し付けた。

「子供達によく言っときな。仕事が丁寧じゃなきゃ買い取らないってね」

「わかったわ」

大きな木箱を抱えると、背後から手が伸びてアレウスが箱を取り上げた。

「お前には重いだろう」

「……ありがとう」

思わぬ優しさに、またドキドキする。

「次は孤児院、か」

「ええ」

「お前のお忍びが口だけではないということはよくわかった。それで、このハギレは何になるんだ？」

「パッチワークキルトよ」

「何だそれは？」

「説明するより見た方がいいわ。さ、行きましょう」

少しだけ態度の軟化したアレウスと、私は街外れに向かった。

彼と一緒にいることが楽しいと思いながら。

ルーグ達にとって、私はあくまで王妃様だった。

オリーワは親しげに口を利いてくれるけれど、彼にしてもやはりどこか一歩引いたところがあった。

でもアレウスはこの国で唯一王妃である私より上の人間。私をどう扱ってもいい立場にある。そのせいか、さっき頭を撫でた時から距離感が近くなってきている。

馬車から降りた時には冷たい態度だったのに、街を歩いているうちに私のすることに興味を持ったようだし、私の『お忍び』がその場しのぎの嘘ではないと認めてくれてからは色んな言葉もかけてくれた。

と言っても、質問をされるくらいだったけれど。その質問が、ちゃんと興味を持ったものだったし、それについての私見を口にすることもあった。

「お前は公女なのに金を使ったことがあるのか？」

「国でもお忍びで街へ出たことがあったの」

「危険だと言われなかったのか？」

「お兄様が一緒だったし、ラドラスは治安がよいのよ」

「それが信じがたい」

「調べるために部下を送るのじゃなかったの？」

「お前の虚言だと思っていたから後回しにしていたが、戻ったらすぐにルーグをラドラスに送ろう」

「ルーグは私の騎士だわ」

「貸してるだけだ」

城では考えられなかった会話。彼の言葉にはもう冷たい響きはない。

お陰で、孤児院までの道程はそう悪くはない時間だった。

孤児院へ到着すると、院長が丁度来客を送るところだった。

「まあ、リーナさん」

老齢の女性は私に気づくと来客に向かって別れの挨拶をして、すぐに話しかけてきた。

「よくいらしゃいました」

「こんにちは、院長。ミトの工房からハギレを預かってきたわ」

「まあ、ありがとうございます」

「パッチワークの方は、また買い上げてくれるそうよ」

「それはありがたいですわ。リーナさんのお陰で、子供達にちゃんとした仕事が与えられて嬉しいですわ」

「ミトさんが、もっと丁寧にしろと言ってましたわ。雑にしているなら買わない、と。数を出したいのはわかりますが、それで買い取りが断られたら元も子もないでしょう？　これで儲けようと思わないで、いつかお針子になるための練習だと思って丁寧にやらせてくださいね」

「……ええ、そうね。お金が入るとつい。まだまだ運営の資金が足りないものだから」

私に強く言われて、院長は反省したように俯《うつむ》いた。

「あら、いけない。私ったらせっかくいらしてくださったのに中にも案内しないで。さ、どうぞ」

案内されるまま中に入ると、アレウスは室内を見回した。

「掃除が行き届いているな」

「病気が出たら最後だから、衛生面には気を付けるように言ってあるの」

私は院長に頼んで出来上がってるパッチワークの布片《ぬのへん》を見せてもらった。

箱いっぱいの正方形の布片。孤児院の子供達にはそれを作らせている。

「何だこれは？」

と問う彼に、私は説明した。

ミトの工房で余った布をここで綺麗な正方形に切り揃《きそろ》え、中綿を入れて仕上げさせる。

『彼女』の世界でキルトと呼ばれるものだ。

この程度なら子供達でもゆっくりやればできること。

この布片を組み合わせて製品にするのはミトの工房だ。ベッドカバーやクッションカバー等に作り上げて売るのだ。

大切なお針子にこんな仕事はさせられないが、捨てるしかないようなハギレで製品ができるのだからミトとしてはありがたい。孤児院も、子供達に針仕事を覚えさせて、僅かでもそれでお金が稼げるようになればありがたい。

これが『彼女』の趣味でパッチワークというものらしい。

「ここには戦争孤児が多いの。でも国は末端の兵士の遺族にまで保障はしてくれないでしょう？　貴族や孤児の縁故の人達からの寄付でやっていくにも限界があるわ。だから子供達自身に稼がせているのよ」

彼はまた何も言わなかった。

けれど何かを考えてはいるようだった。

アレウスが、ルーグ達が信奉するようなちゃんとした王様だったら、これで民のことを考えてくれるようになるのではないかしら？

そんな期待をしていた。

私は暫くそこで子供達と一緒にキルトを縫っていた。アレウスはそんな私を、黙って見ているだけだったけれど、途中で子供に手を引かれて院長の頼み事を聞いていた。男手が足りないので力仕事をしていたようだ。

『何故私がせねばならない』とか言って怒りだすかと思ったのに。

孤児院を出ると、彼は腹が減ったと私を知らない街の知らない店へ連れて行ってくれた。

どうやら彼が街へ出た時に使っている店らしい。

慣れた様子で店に入ると、若い店員はちらりと私を見て「美人さんだね」と笑った。

「うるさい」

彼が店員を小突く姿と、それでも笑ってる店員を見て、彼は常連で親しくしているのだと理解した。

困ったわ。諦めよう、期待しないでいようと決めたのに、今日は本当に見たこともない彼の姿を見てドキドキしてばかり。

出された食事は、肉団子の入ったスープとパンだけ。でもとても美味しかった。

到着してからハンナの店で小さなパンは食べたけれど、その後何も食べていなかったし、孤児院に長く居過ぎたので私もお腹《なか》が空いていたから、あっと言う間に完食してしまった。

貴族の子女としてははしたないかしら？

「あの……、お茶を頼んでよろしい？　とても美味しかったのだけれどスープの味が少し濃くて……」

　返事はくれなかったけれど、彼は店員を呼び、お茶とエールを頼んでくれた。もちろん、エールは彼の飲み物だ。

「文句を言うかと思った」

「何にです？」

「王妃にパンとスープだけか、と」

「ボリュームたっぷりで私には少し多かったくらいですわ？」

「テーブルに乗り切らないほどの料理を用意させて、鳥の餌程度に食べるのが貴族の娘だと思っていた」

「……お母様がそうだったのですか？」

　訊くと、彼は顔を顰めたが「そうだ」と答えてくれた。

「実家も裕福だったからな、贅沢が染み付いていた」

　裕福な商家の出ということだから、実家でそれが許されていたのかも。

「私はお母様とは違うわ」

「そのようだな。というか、貴族令嬢らしくない」

「私、子供の頃にお母様の慰問についていって、炊き出しを一緒に食べたりもしていたの。ですから、ここのお料理はごちそうだと思いますわ」

彼は唇の端でフッと笑った。これも見たことのない素敵な笑みだわ。

「戻ったら、少し話をしよう」

「はい？」

「お前とは話す価値があるように思える」

「それは……、ありがとうございます」

嬉しい。手が震えてしまうほど嬉しい。

「『ありがとう』か。他人に対して礼も言えるわけだ」

その一言も、お母様基準なのかしら。

女性への偏見が無ければ、アレウスはそんなに悪い人ではないのかもしれない。

今日も黙って私に付き合ってくれたし、民の生活について質問もしてくれた。それは民の暮らしに興味があるからだ。荷物も持ってくれたし、誤解していたとわかってからは暴言もなくなった。

彼の中で、私はずっと王家の血を盾に高額な支度金をせしめ、嫁いできてからはそのお金で贅沢三昧。彼の嫌っている母親そっくりだ、と思われていたのだ。

しかも私は文句も言わずただ耐えるだけだったから、誤解が解けるわけもなかった。

もしかしたら、侍女達が意図的に私の悪い噂を流したり、彼を遠ざけていたのかもしれない。

でも誤解は解けたのだし、これからは彼とこうして話をする機会が作れるかも。

愛される期待はしてはいけないけれど、交流の機会くらい期待はしてもいいわよね？

「女は甘いものが好きなのだろう？　それとも、それも他の女達とは違うのか？」

「好きです。とても」

「ではデザートを頼んでやろう」

彼が笑うから、また胸がときめいた。

彼を選んで嫁いだことは、間違いではなかったわ、と。


食事を終えると、私達は街を散策しながらオリーワの待っている宿屋へ戻った。

馬車の中ではまた無言だったけれど、来た時より漂う空気は悪くなかったと思う。

城の部屋へ戻ると、ルーグ達が待っていた。

「おかえりなさいませ、フィリーナ様」

リンナも、泣きそうな顔で迎えてくれた。

「ただいま。何事もなく戻ってきたわ」

彼女を安心させるために、にこやかに抱き締めてあげる。

「陛下、いかがでしたか？」

ルーグの言葉に、アレウスは頷いた。

「確かに、彼女に対して誤解をしてた部分があることは認めよう」

「王妃様は素晴らしい方だと思います。陛下も今日一日でそれがおわかりになったのではございませんか？」

オリーワが言うと、アレウスは少し顔を顰めた。

まだ合格点ではない、ということかしら？

「もう少し様子を見る。お前達には話がある。一緒に来い」

「はい」

アレウスは三人を引き連れてすぐに部屋を出て行ってしまった。私と話をする価値があると言っていたのに。

それとも、あれは後日ということだったのかしら？

「フィリーナ様、あの……。陛下とはいかがでした？　何か酷いことをされたりは……」

リンナの中では彼が極悪人になってるみたいね。私は思わず笑ってしまった。

「大丈夫。酷いことなんて何もされなかったわ。彼は女性に対して偏見があるみたいなの。彼のお母様があまりよい方ではなかったようで、私も同じだと思っていたみたい。でも違うとわかってくれたから、これからはもう少し近しくなれると思うわ」

「……そうなのですか？」

「多分……」

リンナは小さくため息をついた。

私がカツラを外すと、彼女はすぐに着替えの服を持ってきてくれた。

それに着替えながら会話を続ける。

「フィリーナ様が王妃に相応しい方だとわかってくだされればよろしいのですけれど……」

それにはまだ早いかもしれないわ。やっと、母親とは違うと認識してくれたばかりですもの。

でもそれは口にしなかった。リンナに不安を与えたくなかったので。

「今日は外で食事をしてきたから夕食はいらないわ。あなたももう休んでいいわ」

「ではメイドに湯浴《ゆあ》みの支度を」

「ええ、それが終わったら下がっていいわ」

「はい」

少しはいい方向に向かっているのかもしれない。

よい夫婦になれなくても、よい話し相手になれる日は来るかもしれない。

今日のアレウスならば……。

早めにお風呂を使い、部屋でゆったりとしていたら小腹が空いてきたのでミルクとビスケットを頼み、それをいただきながら、もし彼と話をする機会があれば伝えてみたいことを考えてみた。

アレウスは私の言葉を信じてくれたようなので、辞めさせた侍女のことは彼に任せておこう。

ルーグをラドラスに送る件は、できればやめて欲しいともう一度お願いしなくては。

私が見る限りでは、ルーグとリンナはいい感じに見えるので、ここで引き離したくないのですと言えばわかってくださるわ。陛下に忠誠を誓い、私の言葉を最後まで信じていなかったクレインならば適役ではないかとも言ってみよう。

あの様子では社交界にも嫌悪感があるのかもしれない。ダンスも苦手だと言っていたから一緒にレッスンをしてはどうかと誘ってみたらどうだろう。

王となったからには社交も大事なのだし。

そんなことを考えていると、ドアをノックする音が響いた。

こんな夜遅くに私の部屋を訪れるのはリンナぐらいしか思いつかなかったので、何も考えず「どうぞ」と言ってしまった。

だが扉を開けて入ってきたのは、アレウスだった。

「まあ、陛下。こんな時間にどうなさったんです？」

既に部屋着に着替えていたので焦ってしまう。

「話をする、と言っておいただろう」

私の言葉が咎めるように聞こえたのか、彼は少し不機嫌な顔をした。

「何時いらっしゃるかは知らされておりませんでしたので、このような姿なのを恥じらっております。陛下は私に予定を教えないと決めてらっしゃるのですか？」

「どういう意味だ？」

「そのままですわ。陛下が城を空けることを教えてくれなかったり、重要なパーティを前日まで知らされなかったりするものですから。今夜も、言ってくだされぱきちんとドレスでお迎えしましたのに」

「私がどこに行くのか知りたいのか？」

彼は不思議そうな顔をした。

「……陛下のお母様はそうではなかったのですか？」

「父の行動には一切興味がなかったな」

では何も知らされないのはそれが当たり前だと思っていたからなのね。

「他の方は知りませんが、私は夫が何をしているのか、夫と何をするべきか知っておきたいと思っております」

「アレウスでいい」

何故か、彼は正面ではなく私の座っていた長椅子に一緒に腰掛けた。

夜も遅いから、彼は白いシャツに黒いズボンという簡単な服装だった。昼間もそうだったけど、こういう普通の格好で近づかれるとドキドキしてしまう。

「夫婦だというなら、陛下はいい。アレウスと呼べ」

「……はい」

近いわ。

「何をしていた？」

彼は私がつらつらと書いていた紙を手に取った。隣に座ったのは、これが見たかったからね。

「考えを纏めるために少し書き物を」

「ふん……」

元々彼に伝えたいことを書いていたから見られても困りはしないけれど。

「『ルーグをラドラスに送らせない』とあるな。あれが気に入ったのか？」

「違います。彼が私の侍女と親しくしているので、今は離れさせたくないのです」

「侍女？　ああ、さっきいた女か」

「『女性』です。アレウス様は軍が長かったのでお言葉がぞんざいなようですが、他人に敬意を払うことを覚えてください」

「私に意見するのか?」

「ええ、政治以外のことを陛下に意見できるのは王妃だけですもの。言葉遣いだけで評価を下げられるのはお嫌でしょう?」

「私の評価だ。それに言葉遣いだけで人を見るような人間にどう思われてもいい」

「あら、でしたら私が『お前いい加減偉そうなその態度を何とかしろ』と言ったらどう思われます?」

にこやかに言い放った私の言葉に、彼は目を丸くしてこちらを見た。

こんな顔、するんだ。

「『お前』……? 私に向かって言ったのか?」

「たとえば、ですわ。でも言葉遣い一つであなたの顔を変えさせることはできたようですわね」

私が笑うと、彼は何か言おうとして止め、考えるように額に手を当てた。

「女に……、いや、女性に『お前』と呼ばれたのは初めてだ」

「私はここに来てからずっと陛下に『お前』と呼ばれていたようですが?」

「他に何と呼べばいいんだ。名前か?」

「名前だと嬉しいですわ。それと、『お前』ではなく『君』の方が」

「君……」

何故嫌そうな顔をするのかしら、普通のことなのに。

「お前の言う通り、私は貴族としての作法に足りないところがあるのかもしれない。だが私は私だ。兄のようには振る舞えない。それに、おとなしい貴族のようになってしまえば、他の者に言うことをきかせることができなくなる。お前との結婚に反対できなかったように、な」

私との結婚に反対だったとハッキリ言われてしまった……。

その言葉に胸が痛む。

「フィリーナと話をしてこなかったことは後悔している。こんなに面白い女だとわかっていたら、もっと時間を取っただろう」

それは妻として認めるわけではないようね。

「さっきの話に戻すが、ここにクレインの名があるということは、ルーグではなくクレインを送った方がいいということか？」

「ええ。三人の中でクレインが一番私を警戒しているので、あなたも彼の言葉なら信じるだろうと思って」

「オリーワは？」

「オリーワでもかまいませんわ。彼は親しみ易《やす》い人柄ですから、人にものを訊くのにはいいかも知れません」

「そうか。このパーティ出席というのは？」

訊かれて、貴族と反目するところがあるのなら、余計に社交に重点を置いた方がいいこと。王家主催のパーティを開いて、国庫に資金があると思わせた方がいいこと。できれば私と一緒に出席した方が周囲の受け取り方はいいだろうというようなことを説明した。

アレウスは最初のうちこそ一々私の言葉に反論していたが、だんだんと無闇な反論はしなくなった。

的確な質問をし、説明も求めてくれた。

私からの質問にも、『そんなことは知らなくていい』と突っぱねることはなく、ざっくりとではあったけれど説明をくれた。

「国が金を稼ぐ方法は税だ。国力を増強させるにはどうしても税を徴収しなくてはならない。だがそれにも限界はある。貴族達の税を上げたいが反対が大きい」

「戦争が終わったのですから、軍を削減しては？」

「弱っている国が軍を縮小したら今度はこちらが攻められる。国を守るためにそこには手がつけられない」

静かに響く彼の声。

もう怒ったり蔑んだりしている様子はない。

「農業はまだ不作なのですか？」

「雨が少ない年が続いているからな。今年は飢饉というほどではないが、豊作ではない」

私と、ちゃんと話をしてくれている。

「それならば商業で外貨を稼ぐしかありませんわね」

「売る物もないのに？」

「街でも申しましたが、加工です。他の国にない加工を施すのです」

「どんな加工だ？」

興味を持って私を見る青い瞳。

「私は専門職ではありませんからはっきりは言えませんが、市中からアイデアを募集してはどうでしょう？　よいアイデアは国が買い上げて、考えた者に責任ある立場を与えるといえば応募する者も多いでしょう」

「そんなによい考えが出る、と？」

「パッチワークキルトと一緒です。ある物も工夫をすれば珍しいものに変わります。それと観光」

「観光？」

「風光明媚《ふうこうめいび》な場所に立派な宿泊施設を作って外国の人に来てもらうとか」

真面目な顔をしたり、ちょっと不機嫌になったり。

「施設を作る金はない」

「では使われていない王家所有の建物を使うとか。ラドラスでも公爵家所有の庭園を公園として開放していましたわ」

それでも声を荒らげたりしない。そんな彼に益々好感を抱く。

「お前は王の持ち物に固執しないのか？」

「使われていなければ維持費がもったいないですわ」

「それもそうだな」

楽しかった。

彼と肩を並べて会話をすることが。

ずっと、こんな時間が欲しかった。

嫁ぐ前に望んでいた夫婦の姿が現実になったようで。

真剣なアレウスの視線を自分が受ける日が来るなんて、夢のようだった。諦めていたのに、『もしかしたら』という気持ちが湧いてきてしまう。

もしかしたら、全ての誤解が解けて私達はよい夫婦になれるのかも、と。

「フィリーナ」

私は彼に名前を呼ばれてハッと顔を上げた。

「急に黙ってどうした？　眠いのか？」

心配そうに向けられる瞳。

彼が、私を気遣ってくれている。何て喜ばしい。

「……いいえ。少し疲れたのかもしれません」

本当にそうだったのだろう。口にした途端目眩《めまい》を感じてふらつき、身体が傾いて頭が彼の肩に触れた。

振り払われるかしら？　怒られるんじゃないのかしら？　近づくなと言われない？

慌てて離れて背もたれに寄りかかる。

「ごめんなさい、今日はもう……」

怒られるどころか、突然彼は私を抱き上げた。

「アレウス？」

「休んだ方がいい。今日は一日歩き詰めだったからな」

アレウスが、私を抱き上げてくれている。

「あの、大丈夫ですから……」

「遅くに来たし、疲れてもう眠いんだろう」

彼が私を気遣ってくれている。

彼が私を見てくれている。

心臓は早鐘のように鳴り響いていた。彼に聞こえてしまうのではないかと思うほど。

アレウスは私を寝室へ運ぶとベッドに下ろし、そっと髪を撫でてくれた。

「お前は……、私の知っている女とは違うのだな」

優しい眼差《まなざ》しを受けて、閉じ込めていた期待が膨らみ出す。もしかして……。

「ゆっくり休め」

立ち去ろうとする彼が名残惜しくて、思わずシャツの袖を摑む。

「あ、ごめんなさい……」

慌てて離したけれど、彼と離れがたいと思う気持ちは消えなかった。

今ここで別れてしまったら、明日にはもうこんなふうに接してくれないのではないかと不安になる。

でもこんな時間に女性が男性を寝室に引き留めるなんて、はしたないことよ。

「私に、ここへ留《とど》まれと？」

皮肉っぽく笑う顔。

「そうだな。今夜のお前なら、抱いてもいい」

抱く、という言葉にピクリと震える。

「彼等が愛人ではなかったという真実を確かめる方法にもなる」

横たわった私に、覆《おお》いかぶさるように彼が顔を近づけ、キスをする。

……アレウスが私にキスをしてくれた。結婚式で軽く唇は合わせたけれど、これは全く違う。仕方がないから唇を押し付けたのではなく、求めるように開いた唇で私の唇を押し開けて舌を入れてくる。

生まれて初めて受ける濃厚なキスに、心臓の鼓動は更に激しくなった。

眠気は飛んだが疲労はまだ残る。その上に刺激的なキスを受けて目眩がする。私がぼうっとしている間に、彼は身体を起こし、シャツを脱ぎ捨てて私に重なった。

「あ……」

堅い手のひらが、薄い部屋着の上から私の胸の膨らみを掴む。

もう一度キスされて、部屋着のリボンが解かれ、ボタンが外される。

自分ではない者が、自分の身体に触れてくる感覚。着替えを手伝う侍女達のものとは違う、もっと粗野で異質な触感。

怖い。

生まれて初めて男の人に求められることが怖い。

でも……、やっと彼は私を妻と認めてくれた。心を向けてくれた。

「ん……っ」

そう思うと拒めない。

拒むどころか、して欲しいと望んでしまう。

今夜が、私達の初夜になるのだ。

部屋着のボタンを全て外してしまうと、彼はおもむろに前を開けた。

剝《む》き出しの乳房が彼の目に晒《さら》される。

彼が自分を妻として閨で求めてくれている。そう思うとこの行為が恥じらいより喜びを強く与え、二年間の孤独が埋められてゆく。

彼に背を向けられてからずっと、いつかこちらを向いてくれるのではないかと祈る気持ちで待っていた。

たとえ周囲の人間に受け入れられなくても、いつかその態度も変えてくれるのではないかと思っていた。

疎まれることはせず、嫌われるようなこともせず、自分が公女として学んだ『よき令嬢』であることに務めた。

でも、彼は一度も私に歩み寄ってくれなかった。

政略結婚であっても、自分は彼を愛した。愛情を抱ける人が相手でよかったと喜んだ。

なのに結末は、私を疎む人が私の命を奪おうとし、彼はそんな私に冷たい言葉しか与えてくれなかった。

そんな悲しみを、彼が今埋めてくれるのだ。

アレウスの唇が首筋を這《は》う。

手は下肢に伸び、裾をたくしあげて脚に触れた。

ゾクリとし、首の後ろ、うなじ辺りに鳥肌が立つ。

「震えているのか？　あれだけ豪胆な行動を取りながら、少女のようだな。私に抱き着くこともしないのか」

少し不満げに聞こえる言葉。

そんな余裕などなかったけれど、何とか震える腕を伸ばして彼の肩に触れる。

しがみつこうとしたけれど、彼の手が更に脚の付け根に滑るから、ビクッとして腕を縮めてしまう。

「……あっ！」

「ああ、余裕がないのか」

なぜそんなに嬉しそうな声に変わるの？　からかっているの？

突然、手が最奥に触れる。

「や……っ」

ゾクゾクとした感覚と羞恥に声が上がり身が縮む。

「……ひ…ぁっ」

手は指だけになり、そこに差し込まれた。

「あ……っ、だめ……っ」

制止の声は、聞き流された。

「や……っ」

長い指が深く入り、内側を探る。

もう全身に鳥肌が立ち、それが鳥肌なのかどうかもわからなくなる。ただ全身の肌が痺《しび》れるように過敏になっているのがわかるだけ。

アレウスの唇が胸を吸う。

反応してまた身が縮こまり、彼の指を締め付ける。

自分がどこにいるのかもわからなくなり、何かに縋《すが》ろうと再び彼の肩に手を伸ばすけれど、指が動く度にその行動が阻害されてしまう。

ビクビクと震える身体を、おかしいと思われないかしら？

他の女性達と比べて幼いと、拙いと思われないかしら？

途中で止めてしまったりしないかしら？

初めてだからちゃんと抱いて欲しいのに。

けれどそんな心配は不要だった。

彼は指を抜くと、私の脚を取り、開かせた。恥ずかしくて抵抗を試みたが、男の人の力に適《かな》うはずもなく、彼に居場所を作ってしまう。

脚の間に身体を移したアレウスは私の腰を抱いて引き寄せた。

「あ……」

広がっていた自分の長い髪の上に横たわっていたから、身体は彼に近づき内股に彼の膝が当たる。

でもそのまままもう触れてはこなかったので、また不安に駆られて彼に視線を向けると、アレウスは前を開いて中から彼自身を引き出したところだった。

一瞬目に入っただけで顔が熱くなる。

婚姻の前に、国で閨の作法は教えられていた。

男性には女性とは違うものが付いているのだ、と。それが女性の身体に埋め込まれて事が成るのだと。

あれが、その違う部分なのだわ。

胸がドキドキする。

私にちゃんとできるだろうか。

「あ……」

彼の指を迎えた場所に、新たなものが当たる。それがあの巨大な肉塊であることはすぐにわかった。

「身体を固くするな」

「……は、……はい」

言われても、上手くできない。

怖くて、不安で、緊張して、身体は強ばったままだった。

その強ばった身体に、彼が挑んでくる。

「ん……っ」

拒むように、入り口が閉ざされる。

それでも彼は身体を進めた。

異物が、私の中に入ってくる。

それはアレウスなのだ。

「あ……ぁ……」

アレウスが、私を望んでくれているのだ。

「あ……、い……っ」

「フィリーナ」

彼の声が、私の名前を呼ぶ。

腕が伸びて、彼は私の顔を撫でた。

彼の青い瞳に白い影を見て喜びに震える。

あれは私の姿だわ。私は彼の目に映ったのだわ。

「アレ……」

名を呼んで、微笑もうとしたけれど、その瞬間、彼が私を突き上げた。

「あぁ……ッ!」

手が、身体をまさぐる。

私の柔らかな肉を、撫で、摑み、揉《も》みしだく。

乳房は彼の手の中で弄ばれ、腰を捕らえた方の手は脇腹を上ってくる。

「あ……、あ……、や……っ」

間断なく身体が揺さぶられて、彼の重みを感じた。

身体が熱い。

それ以上に触れている彼の身体が熱く、触れる肌は少し湿っていた。

目眩がする。

内側から何かが溢《あふ》れてゆく。

「あ……、ンンッ……、ふ……ぁ」

身体の奥に、彼を感じていた。

微《かす》かな痛み、溢れるほどの幸福感、切ない悲しみ、渦巻く感情と感覚を塗りつぶすような快感。

これで私はお人形や飾りではなく、生身の女性として彼に認められたのだ。妻として認められたのだ。

身体に与えられる快感以上に、心が喜びに震えた。

「アレウス……」

涙が零《こぼ》れ頬を伝う。

「ああ……っ」

彼が、私の中に放ったのを感じた。

それは子を成すための行動で、私は彼の子を身ごもっていいと認められたのだ。

まだ愛には遠かったかもしれないけれど、真実私は彼の妻となれたのだ。

けれど……。

それは間違いだった。

行為を終え、身支度を調えてベッドを下りた彼の残した一言が、私を奈落の底へ落とした。

「今日はよくやったフィリーナ。これが褒美だ」

褒美……？

「疑ったことも謝罪しよう。お前が他者を閨に上げなかったことも確認できた」

確認……。

私は震えながら身体を起こした。

「褒美……、ですか？」

「お前はドレスや宝石を喜ばないようだからな」

これはドレスや宝石の代わりなの？　私の不貞を確かめるための行為だったの？

好意でも愛でもなく。

「嬉しいか？」

あなたが望んだのではなく、私が望んでいると思ってしたこと。

「どうした？　誘ったのはこうして欲しかったからだろう？」

私が誘った？　……さっきの、シャツを掴んだことを誘ったと思ったの？

「……私は、……こんな褒美など望んでなどおりません」

私が望んだのは褒美ではなく愛なのに。

「陛下は欲望を叶えただけですわ」

「何だと？」

心が軋《きし》む。軋んで、壊れてしまいそう。

私はあなたと愛し合いたかった。全てを捧げたいと思った。その間あなたは私を振り向かなかった。

諦めて、せめて王妃としての役割を果たそうとしたら、振り向いてくれた。

期待をしないようにと思っていたら、微笑んで、言葉を交わし、手を触れて、愛してくれるのかと思わせた。

けれど最後は『褒美で抱いた』と私を突き落とすのね。

「……こんなことが褒美とは思いません。私は褒美などいりません」

「お前の考察は悪くはなかったと褒めたのだぞ。だが望まぬと言うならもう寝室を訪れるのは止めよう」

彼の声は怒りに満ちていた。

女性嫌いな彼としては、特別な褒賞を与えたつもりだったのに、自分の欲望と言われたことを怒っているのだろう。

「無償で尽くすというのは評価しよう。初めてを捧げたこともな。だがこれでお前は誰を相手にしても証拠は残らなくなるわけだ。ああ、そのために私の相手もしたのかもしれないな」

「……そんな！」

彼の言葉が私の心をズタズタに切り刻む。

私が身持ちの悪い女ではないと信じてくれたのではないの？　まだ疑っていたの？

「これが褒美ではないなら、私の欲望でもない。王と王妃の、初夜という儀式だ」

そう言い捨てると、彼は寝室から立ち去った。

一度も振り向くことなく。

きっと、もう二度と振り向いてはくれないだろうと思わせる冷たい背中を向けて。

朝、起こしに来たリンナは、シーツに残った破瓜《はか》の血痕を見て驚き、「おめでとうございます」と言った。

アレウスが初めてを捧げたと言ったのも、それに気づいたからだろう。

けれど、泣き腫らした私の顔を見ると、すぐに心配そうに表情を変えた。

「フィリーナ様？」

彼が立ち去ってから、私は声を上げて泣いた。

泣く以外何もできなくて、ずっとずっと泣き続けている間に眠ってしまった。

「頭が痛むの」

泣き過ぎて。

「今日は体調が悪いから、騎士達には好きに過ごすようにと伝えて」

「大丈夫ですか？　医師を呼んだ方がよろしければ……」

「いいえ、いいわ。休ませて……」

相手がリンナでも、私は何も言えなかった。昨夜の気持ちを口にしたら、絶対にまた泣いてしまうとわかっていたから。

苦しい。

苦しい。

息をするだけでも、悲しくて苦しい。

彼女に抱き抱えられるようにして湯浴みで身体だけは洗い流した。それでも、彼を受け入れた場所にいつまでも名残があった。

それがまた悲しくて、何もする気になれず、調えられたベッドに戻って横になる。

横になって目を閉じると、すぐに昨夜の彼の姿を思い出してしまう。

青い瞳に映った自分の姿、引き締まった逞《たくま》しい身体、硬い手のひらが肌を滑った感覚。

胸が苦しくなるほどドキドキして別のことを考えようとするのだけれど、すぐに頭の中はアレウスのことでいっぱいになった。

期待など、しなければよかった。

愛されるかも、妻として認めてもらえたかもなんて、考えなければよかった。彼の手を拒んでしまえばよかった。

そうすれば、こんなに傷つかなくて済んだのだろう。

夕方になってやっと起き上がったが、何もする気になれず、食事もできずに悲嘆の海に沈んでいた。

翌日になっても気分が優れず、ようやく部屋に運ばれた朝食に手をつけたが、ルーグ達が来ても外に出掛ける気になれなかった。

「大丈夫ですか？」

オリーワが心配そうに声をかけてくれたので、何とか微笑んで見せる。

「疲れてしまったのかも」

「ずっと出ずっぱりでしたからね。暫く外出は控えた方がいいかもしれませんよ」

「そうね……」

彼はいつも優しいわ。

それにルーグも。

「クレインは昨日ラドラスに向かいました。ラドラスの調査のためです」

「そう」

「私は妃殿下のお言葉を信じておりますし、クレインも同様です」

「クレインが私を信じてる？」

「はい。態度は悪いですが、嘘をつく方ではないと申しておりました。ですから、我々の間にある齟齬を埋める努力をするそうです」

「それは頼もしいわ」

「フィリーナ様は嘘などつきません。もちろん、私も」

「そうでしょう。リンナ殿は誠実な侍女でいらっしゃる」

ルーグに微笑まれて、リンナは恥ずかしそうに視線を逸らせた。

やはり私の見立ては間違っていなかったわね。二人は上手くいっているようだわ。

落ち込んでいた気持ちも、二人を見ていると少しマシになる。

その時、偶然オリーワと目が合った。

「フィリーナ様。気分転換に少し庭を歩きませんか？」

「庭に？」

「はい。ルーグはリンナ殿に今度のパーティの説明をするといい。ドレスの支度などの準備があるから先に詳しく知りたいとおっしゃってたから」

にこっと笑うオリーワも、どうやら二人の関係に気づいているようだ。

「そうね。少し庭を歩くのもいいかも」

「でもフィリーナ様、二人きりだなんて」

「オリーワは立派な騎士だし、歩くのは王城の庭よ？　何も危険なことはないわ。あなたはパーティの説明をちゃんと聞いておいて」

私が立ち上がると、オリーワが手を貸してくれた。

「じゃ、頑張れルーグ」

「オリーワ」

ルーグは正統派の騎士だ。二人きりにしてもリンナに変なことはしないだろう。

王妃付きの侍女と騎士ならば釣り合いが取れている。無理にくっつけようとは思わないが、上手くいくならその方がいい。

私も孤独だったが、リンナだって孤独だったはずだ。むしろ私を庇《かば》っていた分、リンナの方が辛かったに違いない。

だから、支えてくれる人が現れたのは歓迎すべきこと。

「ルーグは侍女殿のことを気に入ってるみたいです」

歩きながらオリーワが言った。

「そうね。私もそう思うわ」

「付き合いをお許しいただけますか？」

「彼女が望むなら」

「リンナ殿は母国でお付き合いなさってる方はいらっしゃらなかったのですか？」

「いなかったと思うわ。聞いたことがないから」

「そうですか、よかった。ルーグが女性に関心を示すのは珍しいので、上手くいって欲しいんです」

彼の言葉は、友人の恋愛を祝福しているように聞こえた。

「あなたは好きな方はいないの？」

「いますが、王妃様の知らない女性です。いつか会うこともあるかもしれませんね」

私が会えるということは貴族の令嬢ね。

「あちらに出ると薔薇園《ばらえん》ですが、こちら側は散策用の庭園になってます。どちらに向かわれますか？」

庭に下りられる渡り廊下のところへ来ると、オリーワが訊いた。

「薔薇園には園丁がいますが、散策用の庭園は物陰が多いので、二人で歩くには不向きだと思います」

「誤解される、ということね？」

「本当に愛人だったら大歓迎なんですけど」

彼はイタズラっぽく笑った。

「他に行きたいところがあれば、ご案内しますよ」

「行きたいところ……。今日、陛下はどちらにいらっしゃるのかしら？」

「陛下ですか？　今日は練兵場だと思いますが……」

「練兵場？」

「閣議がない時には剣の練習を。戦いの時には最前線に立たれますので」

その話は聞いたことがあった。

「王なのに？」

「王だから、ですよ。王が先頭に立つと兵士達の士気が上がります。けれど傷を負えば士気は下がる。なので絶対に怪我《けが》をしないように鍛練なさってるんです」

彼らしいわ。

「私……、練兵場に行きたいわ」

「え？　陛下のところですか？」

「ええ」

「それでしたら面会を申し出れば、二人きりで会えると思いますけど」

「普段の彼を見たいの。だからこっそり見られるところがいいわ。……だめかしら？」

オリーワは少し考えてから頷いた。

「いいですよ。行きましょう。是非陛下の真実を見てください」

言うなり、彼は作られた通路ではなく、植え込みの間に入り込んだ。

「近くまで行ってから身を隠すのでは却《かえ》って人目につきます。園丁用の通路を行きましょう。ドレスも汚さないで済みますから」

「園丁に見つかるのでは？」

「王城の園丁は口が堅い。騎士が警備のために通路を使うこともありますから。それに、逢い引きするようなレディはちゃんとした小部屋を用意するか、秘密の館を用意するものです。城ではしません」

そうなのね。言われて見れば、貴族の女性ならば醜聞を恐れて目立たない場所を用意するのかも。

納得し、私は黙ってオリーワの後に続いた。

彼は騎士だから、私の手を取らない。

通りづらそうな場所では待っていてくれるけれど、手を差し伸べることはない。

彼が、立場をわきまえているからだ。

街を歩いた時、手を繋いでと頼んだらアレウスは手を繋いでくれたかしら？

せっかく期待しないでおこうと心を封じていたのに、彼に触れられたことで気持ちが溢れてくる。

彼が冷たいだけの人ではないことも、素っ気ない態度を取る理由も知ってしまった。

立派な王としての姿をパーティで見た、粗野で無骨な姿は街歩きで見た、穏やかに討論する顔も、怒った顔も。今まで見られなかった顔をたくさん見てしまった。

アレウスが私に挑んだ時の飢えたような視線や男としての攻撃的な面差しさえも見てしまった。

もう、初めて彼の肖像画を見た時の娘らしい恋心には戻れない。

私は彼を、愛してしまったのだ。心に蓋をすることも適わないくらいに。

園庭用の小道を進み、城の本宮に近いところへ出る。王妃宮と違って、他の貴族達の出入りする建物だ。

その壁に沿って更に進むと、やがて植え込みが途切れ、物置小屋のような建物が立ち並ぶ場所へ出た。

「ここは？」

「馬具等を収めておく場所です。この後厩舎《きゅうしゃ》の横を通りますが、馬は平気ですか？　ちょっと臭いますが」

「生き物なら臭うのは当然よ。私も馬は乗るので世話もするわ」

「それは知りませんでした」

ここでは乗馬などしたこともなかったものね。

彼の言ったように、動物の臭いがすると、遠くから金属の当たる音が聞こえてきた。

だが彼は真っすぐには音のする方には向かわず、別の建物に向かうといきなりその扉を開けた。

「まあ、オリーワ様。またこんなところに」

むあっとした熱気と食べ物の匂い。

「こんにちは、おばちゃん。ちょっと通っていいかな。王妃様が陛下のお姿をこっそり眺めたいんだって」

「王妃様？」

彼の後ろに隠れていた私に、その場にいた女性達の視線が一斉に向けられる。

次の瞬間、彼女達はいっせいに狼狽《うろた》え、頭を下げた。

「あの……、作業を続けてください」

いたたまれなくなって、私は言った。他に言葉も見つけられなくて。

「王妃様、ここは兵士達の食堂の厨房です。この二階から、陛下のお姿がよく見えると思います」

彼はそう言うと、厨房の女性達に向かってもう一度繰り返した。

「王妃様は、こっそり陛下が鍛錬なさってる姿を見たいのだそうだ。表向きのお姿だけでなく、普段の陛下をお知りになりたいとか」

どうしてそれをわざわざ繰り返すの。内緒で見たかったのに。

「そうでございますか。そのためにこんなところまで足をお運びくださるなんて」

ちょっと怪しい敬語で応対したのは、多分ここで一番立場が上らしい恰幅のよい年配の女性だった。

「匂いがつきますし、ドレスが汚れてしまうかもしれませんよ？　ちゃんとした場所からご覧になった方がよろしいのでは？」

「皆さんの職場に勝手に足を踏み入れて申し訳ありません。どうかこのことは誰にも言わないでください。ほんの少しだけ陛下を拝見したら、すぐに立ち去ります」

「王妃様は、陛下にベタ惚《ぼ》れなので、カッコイイ姿を見たいそうです」

「オリーワ！」

言われて思わず顔が赤くなる。それは事実かもしれないけれど、わざわざ言わなくたっていいのに。

「王妃様は陛下をお好きなのかい？」

おばさんはオリーワに訊いた。

「見ての通りさ。でも陛下は女嫌いだから、王妃様もご苦労なさってるんだ」

「オリーワ、もうやめて」

慌てて制止すると、おばさん達は顔を見合わせた。

「ごめんなさい、ここに連れて来られるとは知らなかったの。ただ少し陛下を見たかっただけだったの。皆さんの仕事の邪魔をするつもりはなかったのよ」

私が言うと、彼女達は一斉に笑った。

「皆さんだってよ」

「あたし達の仕事の邪魔だって」

「王妃様みたいなお偉い方があたし達に気を遣ってらっしゃるよ」

口々に言い交わし、最後に一番偉いおばさんがずいっと前へ出た。

「王妃様、狭くて汚いところですけど、どうぞお通りください。後でお茶とお菓子をお運びいたします」

「いいえ、すぐに戻りますし、皆さんはお仕事を先にしてください。それは兵士の方々のお食事でしょう？　遅らせるわけにはいかないわ」

「ご自分のお茶より兵士の食事が優先ですか？」

「だって、あちらは働いているのですもの。私は……、今のところふらふらしているだけで何もできないのだから」

「噂じゃ、王妃様は贅沢に塗《まみ》れて部屋から出てくるのも拒んでるって話だったけど、貴族の噂なんてのはやっぱり嘘でございますね。陛下のことも嫌ってるって話なんですよ？　無責任だこと」

　やはり悪意のある噂は流れていたのね。

「じゃ、上の部屋を借りるよ」

　長くなりそうなおばさんの話を打ち切り、オリーワは厨房の隅にある階段を示した。

「ごめんなさいね」

　何度も頭を下げながら、私は彼に続いて階段を上った。

「酷いわ、オリーワ。あんなことを言うなんて」

「ここが一番よく見えるところなんです。それに、ああ言えば俺と二人きりでいるところを誰かに見られてもおばちゃん達が証言してくれるでしょう。おばちゃん達のウケもよくなったみたいですし」

それは確かにそうだけど……。

「さ、どうぞ。ドアは開けておきます」

二階に並んだ幾つかの扉のうち、一番奥の部屋のドアを開けた。中はリネン室のようだ、壁いっぱいの棚にはテーブルクロスやエプロン等が詰め込まれていた。

オリーワはどこからか粗末な椅子を持って来ると、それを最奥の窓際へ置いた。

「どうぞ」

窓辺に近づくと、金属音が大きく響く。

「丁度陛下がやってますね」

「どこ？」

「そこの、あの黒い髪の剣士がそうです」

指さされた先を見ると、広い練兵場では何組かの剣士達が打ち合っていて、一番手前にアレウスがいた。

私は彼を見つめながら、差し出された椅子に腰掛けた。

「……剣って、あんなに大きな音がするのね」

「金属ですから」

知らなかったわ。きっと、凄く重たいのね、音も重いもの。

アレウスの顔は、やっとわかる程度だったけれど、それでもちゃんと彼だとわかった。

彼は受ける一方なので、あまり強くないのかしらと思ったが、そうではなく練習相手になっているようだった。

相手の剣士が打ち込むと、何か指示を出しているし、余裕がある。

「さっき俺が言ったこと、本当でしょう？」

「え？」

「王妃様は陛下にベタ惚れだってことです」

「……そうね。きっとそうだわ。でももう好きとは言えないの」

「どうしてです？」

「怒らせてしまったから」

私は視線をアレウスから外さずに答えた。

「彼はまだ私があなた達を愛人にすると疑っているし、愛情はないの」

「陛下がそう言ったのですか？」

私を抱いて『褒美』と言ったのよ。でもそれは誰にも言えない。

「そのお気持ちを直接陛下にお伝えになったのですか？」

「気持ち？」

「好きです、ベタ惚れですって。言えるなら言った方がいいですよ。俺は一生言えない」

「さっき言っていた好きな人？　騎士ならば、喜ばれるのじゃなくて？」

「義理の妹なんです。俺は伯爵家の次男坊なんですけど、愛人の子供でした。お針子の母が亡くなるまでは、市井で育ちました。母が亡くなる時に父を訪ねろと言ったので父の家へ行きましたけど、少しばかりのお金が貰えればありがたいと思ってたくらいです。父は冷たかったんですが、義母は俺を次男として受け入れてくれました。兄と妹もいるんですが、二人共本当によくしてくれて」

思わず振り向くと、彼は壁に寄りかかったまま笑っていた。

「貴族の令嬢なんて、高慢で鼻持ちならないと思ってたんですけど、妹は俺に懐《なつ》いてくれて。見かけは繊細なんですけど、結構気が強くて、王妃様にちょっと似てます」

最後の一言を言う時に、彼の目はどこか遠くを見ていた。会えない妹さんを思い浮かべているように。

「……私に優しくしてくれるのは、妹さんに似てるから？」

「かもしれません。俺は絶対に好きとは言わないけど、王妃様は怒られてても嫌われてても好きぐらい言えるでしょう？　言ってもいいんじゃないですか？」

私は視線をアレウスに戻した。

今度は打ち合っているようだけれど、金属の音は聞こえない。模擬戦用の木剣に持ち替えたのかも。

踊るように美しく剣を振るう姿は美しかった。やがて相手の剣を弾《はじ》いて彼が勝つと、アレウスが笑って相手の頭を撫でているのがわかった。ああ、あんな顔もするのね。だから騎士達には慕われているのね。

見ているだけで、切なくなってくる。

確かに、オリーワと比べれば私は告白できる立場にあるだろう。

もしも彼に好きと言ったらどうなるかしら？

……きっと『そうか』で終わってしまうわ。『必要ない』とか、『だから？』と言われてしまうかも。

最後に向けられた背中を思い出すと胸が痛い。

再びの拒絶が怖い。

「振り向いてくれなくても、好きでいることが止められないって辛いことね」

「見返りを求めなければ、そう辛くもないですよ」

「ふふ……、そうね。妻の座にいながら心を求める私は、欲が深いのかもね」

私はアレウスから目を離し、立ち上がった。

「いいわ。もう帰りましょう」

部屋を出て再び厨房に下りる。

料理人達はこちらをちらちらと見ていたが、声をかけて来たのはあのおばさんだった。

「陛下はご覧になれましたか？」

「ええ。とても素敵だったわ」

「次にいらっしゃる時は立派な椅子をご用意いたしますよ」

「いいえ、もう来ないと思うわ。皆さんの仕事を邪魔することになるし、陛下の邪魔にもなるでしょうから」

「あたしらはお邪魔だなんて思いませんよ。陛下だって、ここからなら気づきゃしませんから大丈夫ですよ」

「ありがとう」

城でリンナ以外の人に優しい言葉をかけられたのは初めてで、思わず涙ぐんでしまいそうになり、慌てて目を擦った。

「それではまたいつか立ち寄らせていただくわ。今度は皆さんの作ったお料理をいただくために」

「あたしらの料理をですか？」

「とてもいい匂いですもの。ああ、でもここのお料理は兵士の皆さんのためのものだから部外者は食べられないわね」

「……本当に召し上がるんでしたら、オリーワさんに言ってくれればお届けしますよ」

「この方は本気だと思うよ」

私の隣で彼が答えた。

「そうですよね？」

「え？　ええ、もちろん。でも出来立てを食べたいから、届けるのじゃなくてここに来て食べたいわ」

「おばちゃんが内緒にしてくれるなら、また陛下が練兵場にいる時にお連れしますよ。おばちゃん、内緒にしてくれる？」

「そりゃもちろん、秘密だって言うなら……」

「それじゃ、明日ご案内しますよ。陛下は明日も訓練に参加の予定ですから。きっと同じ料理を食べるでしょう」

「でも私が兵士の皆さんと同じ席につくことはできないわ」

「二階の、さっきの部屋に用意しましょう。あの部屋なら、人目にはつきません」

一度だけでもいいから、自分の知らないアレウスを見てみたくて来てしまった。なのに明日また来られる上に、彼と同じ料理が食べられるなんて、魅力的な誘いだわ。

「では特別な料理は作らないと約束してください、皆さんと同じお料理をお願いします。とても楽しみにしています。それでは、また明日」

「腕をふるってお待ちしております」

調理場を後にすると、オリーワは堪えきれないというように笑い出した。

「おばちゃん達のあのポカンとした顔。食べたいってのはお世辞で、まさか王妃様が自分達の作った料理を食べるなんて思ってもみなかったんでしょうね」

「私は本気よ？　とてもいい匂いだったわ」

「ええ。そうでしょうとも。でも彼女達はそう思ってなかった。だから明日ここに来たら好感度アップですよ」

そういうつもりで言ったのではなかったのに。

でも、私がパンとスープだけの料理に満足していたらアレウスも驚いてたわね。

……ああ、またアレウスのことを思い出してしまう。

「今日のことはルーグに伝えておきます。そして明日出掛けることも。そしたら彼もリンナ嬢との話題を考えることができるでしょう」

「じゃ、私はリンナに言わないでおくわ。その方が彼女が驚いてときめ……」

戻り道、厩舎を過ぎた頃だった。

来た時と同じように本宮沿いの道を歩いていると、目の前を何かが過った。

「殿下！」

大きな音がして、足元で落ちてきた物が砕け散る。

咄嗟《とっさ》に、私は上を見た。

それは、これを落とした人が心配して窓から顔を出していたら、自分の姿を見られると心配してのことだったが、見えたのは二階の窓から離れてゆく金髪の女性の後ろ姿だけだった。

「お怪我は？　王妃様」

地面には、砕け散った花瓶の破片が散らばっている。あと一歩前へ出ていたら、これは私の頭に命中していただろう。

言いようのない恐怖が湧き上がる。

サッと血の気が引く。

忘れてはいけなかった。私は毒を盛られたことがあるのだ。

「……ないわ。大丈夫、急いで戻りましょう」

誰かが私を殺そうとしている。その誰かは、まだそれを諦めていないのだ、と。


急ぎ部屋へ戻ると、オリーワはルーグに今の出来事を報告し、二人は調査をするからとすぐに出て行った。

私にこの部屋から一歩も出ないようにと言い置いて。

もちろん、私はその言葉に従った。

私が今日外に出たことは決まっていたわけではない。犯人は偶然通りがかって私を見つけて犯行に及んだのだろう。

私には他の人とは間違えようのない特徴がある。この銀の髪だ。

二階の窓から銀色の髪を見て私と気づき、咄嗟に近くにあったものを落とした。稚拙で衝動的な犯行だ。

私には、犯人の目星はついていた。ただ証拠はないし、個人の犯行なのか一派の犯行なのかがわからないので、誰にも言えなかった。

それに、正直毒を受けた後は今日まで殺意を感じたことがなかったから油断していた。けれど今、剝き出しの殺意を向けられたことで、殺されるのかもしれないという恐怖が蘇った。

このことを、誰かに訴えることはできない。

城の内部に王妃の殺害を企てる者がいるとなれば、王の管理が疑われる。だから私の毒殺未遂事件も表沙汰にはされなかったのだ。

侍女達のことも、処分はされただろうが大事にはならなかったようだ。

女性の横領ぐらいならば、証拠もあったし、犯人もすぐに見つけられたし、アレウスの瑕疵にはならなかったのだろう。

けれど毒殺未遂も今日のことも、まだ犯人は見つかっていない。このまま事件を公表すれば王や、王を慕う軍部が不甲斐《ふがい》ないと言われるだろう。

ルーグ達が調べてくれるのを待つことしかできないのだ。

夕方、調査を終えて戻ってきたルーグ達に、私は一つだけ質問をした。

「王の失脚を願う者のリストはある？」

二人は困った顔をした。

「あるにはありますが……」

「では書き出して教えて。リンナ、紙とペンを」

「王妃様、証拠がないのです」

「わかってるわ、ルーグ。ただ知りたいだけ。誰に気をつけたらいいのか。できれば理由も知りたいわ」

二人は渋々とペンを取った。

反対派は、主に先々代の王の時に重職に就いていた者で、先代の王の時に離職させられた者達だった。それにアレウスの代になって緊縮財政になったことに不満を持つ者。

王家にはもう私とアレウスしかいないが、私が王家の遠縁であったように、国内にも王家の血を引く者はいたはず。ただ私よりも血は薄いだろうが。

私が疑っている人物は、そのリストの中にいた。

これを、彼等に伝えるべきだろうか？

悩んだが、証拠がないのでもう暫く黙っていることにした。

「フィリーナ様。お願いですから、暫く外出は控えてください」

リンナの言葉に、私は頷いた。

「ええ、そうした方がよさそうね。暫くはおとなしくしているわ」

私の返事を聞いて、リンナはほっとした。

「でも明日兵士の食堂には行くわ」

「でも……」

「私である目印の銀髪をかくして行くから大丈夫よ。それに、今回のことは刺客ではないと思うから、一緒にいるオリーワが注意してくれれば大丈夫よ」

「私も一緒に……」

「リンナはルーグと一緒にここで待っていて。この部屋に私がいる、と思わせてくれればそれだけ外にいる私が安全になるのだから」

リンナはまだ何か言いたげだったが、黙って受け入れてくれた。

翌日、私は頭からショールを被り、侍女の服を着て食堂に向かった。

本当に現れた私に料理人達は驚き、彼女達の作った食事を食べた私に更に驚いた。

それから、肉を柔らかくするためにラドラスでは酒やハチミツに浸《つ》けるのだと教えると、また驚いていた。

「材料費が削られて、騎士達に肉が硬いと言われていたけれど、これならきっとみんな喜びます」

他にも、せがまれてラドラスでのお料理の話などをした。

彼女達の気さくな対応に心が安らぐ。

彼女達には私を殺害する利益はない。だから殺意を抱くことはない。そんな当たり前のことに安堵した。

それから二階へ上がると、あの部屋にはゆったりとした椅子と小さなテーブルが用意され、椅子にはクッションも置かれていた。

彼女達の好意に、また心が和らぐ。

アレウスは、今日は自ら剣を取ることなく、模擬戦をしている者達の間を歩き、指南していた。遠いから細かい表情は見えないし、背中を向けられることも多い。

でももうどんなに遠くても彼等を見分けられる気がする。

元々軍部にいたのだから、騎士達とは親しくしているのだろう。彼等のことは信頼しているのだろう。

きっと昨日のように微笑んだりもしているに違いない。

私には向けられないものを全て、彼等に向けているのだ。

アレウスは、あの夜から私の部屋を訪れなかった。

もう二度と訪れないかもしれない。

私がゆっくりと彼の姿を見ることができるのは、この小さな部屋からだけになるかもしれないと思うと、寂しかった。

あの時、シャツなど摑まなければよかった。何故触れようとするのか、理由を尋ねればよかった。あんなことになる前に、私はあなたを愛しているのだと言えばよかった。

後悔ばかりが心を痛める。

巻き戻せない時間にため息が出る。

彼が訓練場から立ち去ったのを見送ってから、私もそこを後にして部屋に戻った。

今度はいつ、彼の姿を見ることができるのかしらと思いながら。

けれどその機会は思っていたよりもずっと早くやってきた。

一週間後が、私達の結婚二周年の記念日だったので……。


軽いフレアのスカートを持つ明るいレモンイエローのドレスに大きな淡いオレンジ色の宝石を真珠で飾ったネックレス。

明るい色だけれど華美ではない装い。

「これは公爵夫人……、母君様がお選びになったドレスですわ。このネックレスに合わせてお仕立てになったのです」

ネックレスの方は、かつてお母様の胸元にあったのを覚えている。私がとても綺麗だと褒めたので、花嫁道具に加えてくれたのだろう。

リンナは赤い髪に似合う、落ち着いたワインレッドのドレスだった。ただ、白が多用されているので暗い雰囲気はない。

いつもなら、彼女はパーティには出席しない。貴族令嬢なのだからその権利はあるのだけれど、パートナーがいなかったので、本人が遠慮していたのだ。

けれど今日は、私がどうしてもリンナと一緒に出席したいからと言ってルーグに彼女のパートナーを命じた。

そんな我《わ》が儘《まま》が通ったのは、今日のパーティが私とアレウスの結婚二周年記念のパーティだからだ。

壊滅的な関係になってしまった今、結婚二周年を祝うなんて笑ってしまうけれど、国王主催のパーティが経費削減のため少なくなってしまったので、華やかな席を望む貴族達の息抜きとして催されるのだそうだ。

出席者は、男爵以上全ての貴族。

つまりこの国で最大規模のパーティということになる。

支度を終えて待っていると、いつものようにエアストが私を迎えに来た。違うのは、その隣にルーグがいること。

「本日は、王妃様の大切な侍女殿のパートナーを仰せつかり、光栄でございます」

と言って頭を下げる彼は、礼服を着て、いつもの三倍くらい素敵だった。リンナにとってはそれ以上だろう。

「私の大切なお友達よ。よろしくお願いね」

エアストの腕を取り、アレウスの待つ控室へ向かう。

「フィリーナ様におかれましては、本日もお美しい」

「ありがとう」

いつもと変わらぬ会話だけれど、私の胸は不安でいっぱいだった。

アレウスは、どんな態度を取るのだろうかと。

控室の前でルーグ達と別れ、ドアを開けてもらう。

これまたいつものように、アレウスは黒い礼服で椅子に座っていた。

「王妃様をお連れしました」

というエアストの言葉に返事もしない。嫌われてしまったのね……。

いいえ、以前はこんなだったわ。つまり、前に戻っただけということね。

無言のまま彼は立ち上がると、意外にも私に歩み寄った。

「クレインが戻った」

「え？」

「ラドラスは豊かで美しい国だったと驚いていた。お前の言ったことは本当だった」

感情の読めない無表情のままで私を見下ろす彼の視線。

「今までラドラスに使者に立った者に、何故それを報告しなかったのかとも訊いた」

「……理由は、何だったのですか？」

「国力の差を見て、属国であるはずのラドラスに頭を下げて協力を頼むことは我が国の恥だと思ったらしい。そして貧しさに耐える我が国に、属国の方が優秀であると知られると国民の不満が大きくなり、立場が逆転してしまうのでは、と恐れたそうだ」

大国のプライドなのね……。

「持参金についても、到底我が国が払えない額を要求してきたので、甘く見られたと思い意地でも支払うことに決めたらしい。金でお前を売り渡したのではなく、金でお前を買ったというべきだろう」

その二つに大きな違いがあることを、彼は気づいている。

「カドラス侯爵令嬢カロリナはお前の親友だったそうだな」

名前を言われてすぐに顔が浮かぶ。

「ええ」

「カロリナ嬢から……」

彼が何か言いかけた時、エアストが背後から言葉を掛けた。

「お時間です。お出ましください」

アレウスは口を噤《つぐ》み、私に肘を差し出した。

先日、夫婦は一緒に出るものだと言ったのを覚えてくれていたのね。

私は彼の肘に手を置き、開けられた扉を並んでくぐった。

「アレウス国王陛下、並びにフィリーナ王妃殿下、ご出座！」

呼び出しの声に会場が沸く。

先日のパーティも盛大だと思ったけれど、今回は更に出席者が多く、豪華だった。

私達はそれぞれ玉座に座り、祝辞や挨拶が贈られる間は会話どころか視線すら合わせることもない。

リンナを探したけれど、彼女とルーグを見つけることすらできなかった。

祝いの言葉を捧げるために、人々が集まる。

本心から祝ってくれているのかどうかわからない人々に、『ありがとう』とか『そのようですね』と微笑み返す。

毒を盛られてから、私は人々の祝福を素直に受け取れなくなってしまった。笑顔の裏に害意を隠している者もいるのだと知ってしまったから。

私が強くなったのは、皮肉にも殺されかけたからだわ。このまま黙って座して死ぬのは嫌、と思ったからだもの。

王妃に直接声を掛けられるのは重職にある方々の特権なので、多くない。その中で、私は数人の人間を前にした時だけは緊張した。

例の、反王室派のリストに乗っていた者達だ。

どんなに聞き心地のよい美辞麗句を並べても、彼等の視線は探るような、憎むようなものだった。

何となくわかる。この女は邪魔だとか、どうやって懐柔してやろうかという目だ。

けれどそれも、何とかやり過ごすことはできた。

「フィリーナ」

全てを終えてほっとしたところに、アレウスの声がかかる。

いつの間にか彼は私の目の前に立っていた。

「一曲踊ろう」

思わず驚きが顔に出てしまったのは仕方がない。彼が私をダンスに誘うなんて、特に今のような状況で言い出してくれるなんて、一度もなかったのだから。

けれどすぐに思い直した。

そうね。これは公式行事で、私達の結婚二周年記念だものね。踊ら『なければならない』のだわ。

私は彼の手を取って立ち上がり、二人でフロアに出た。

流れている曲はワルツで、ダンスは緩やかに揺れているだけで済みそうなものだった。

ダンスが苦手な彼だからこの曲を選んだのだろうけれど、どんな曲でも彼と踊れるのは嬉しかった。二度と手も取ってもらえないのでは、と思っていたから。

「騎士と二人きりで城内を歩き回っているそうだな」

踊りながら、彼が訊いた。

「誰がそんなことを？」

「誰でもいい。事実かどうかを訊いている」

誰でもいい訳ではないはずなのに、あなたには関係ないのね。それとも、その意味がわからないのかしら。

「……事実ですわ。練兵場には二度行きました。兵士の食堂の厨房に」

「兵士の食堂の厨房？　何故そんなところに」

私は少し悩んでから、事実を答えた。

この人に嘘をつきたくはなかったので。

「あなたを見に。そこが一番よく見える場所だと彼が教えてくれたので」

「私を見に？」

意味がわからないという顔をされる。

「はい」

「何故？」

私は一瞬迷った。嘘はつかなくても、黙っているという選択肢はある。

「信じていただけないと思いますわ」

「言えないような理由か」

オリーワの言葉が頭を過る。

『王妃様は怒られてても嫌われてても好きぐらい言えるでしょう？　言ってもいいんじゃないですか？』

言ったら、何か変わる？

あなたは何か言葉をくれる？

その言葉で、私は諦めをつけられる？

「あなたが好きだから……。好きな人の姿を見たかったのです。もうアレウス様が私の部屋を訪ねることはないだろうと思って」

彼は意地悪そうな笑みを浮かべた。

ああ、やはりあなたは私に好意も抱いていないのね。

「私の言葉を疑うのでしたら、厨房の料理人達に訊いてみればよろしいですわ。彼女達と食事をしましたから」

「兵士の食堂で?」

「いいえ、厨房で、です。私が食堂にいては兵士が気遣うでしょうから。あなたもそこで食べていると聞きましたわ」

「確かに、時々あそこで食事はするな。街での食事を見ても、お前があそこで食事をしたということはあり得ることだ。だが私を好きだという言葉は信じられない」

『信じられない』というのは予想していなかった言葉だった。受け止める、拒絶する、以前の問題なのだわ。

私の言葉を信じてもらえていない。もうずっと……。

「あなたがどう受け取ろうと、私はもうあなたに嘘はつかないと決めました。信じてもらえなくても、私は真実のみを口にします」

「真実?」

「ええ。疑われることに疲れました。ですから私は真実だけを告げると誓います。これからは疑問があれば何でも私にお尋ねください」

「お前が真実を話すことを信じろ、と?」

「それはあなたの自由ですわ。これは私の矜持《きょうじ》。何にも恥じることはないと、自分に証明したいだけです」

アレウスはもう何も言わなかった。

怒っているようには見えないが、信じてくれているようにも見えない。

以前と同じ、無表情のままだ。

全てが以前と同じ……。

皮肉ね、時間は巻き戻せないと嘆いたのに、こんなことだけは巻き戻ってしまうなんて。

曲が終わって、ダンスも終わる。

彼は礼儀正しく私の手を取ってフロアから下りた。

「……私にはお前に好かれる理由がない」

離れ際、彼はポツリと言った。だから信じられないのだと言うように。

彼はそのまま離れて行き、すぐに人々に囲まれた。

他の人と踊る気にもならなかったので、私は女性達の集まるサロンの方へ向かった。

誰も相手にしてくれなくても、サロンの部分には椅子がある。

上手くすればリンナに会えるかもしれない。

玉座の正反対の下座には、男女それぞれのサロンが設けられている。男性達はお酒を飲むための、女性達はお喋りのための椅子席だ。

私が向かうと、また女性達は離れてゆき遠巻きにされる。一人になりたかったから、丁度いいわ。

男性席から離れた場所に座ると、珍しく美しいご令嬢が近づいてきた。

「御機嫌好う、フィリーナ様」

……ついに来たのね。

「御機嫌好う」

私はにっこりと微笑んだ。

公女として育った私は、人の顔を覚えることに長《た》けている。

特に上位貴族の関係者は、王妃として漏らさず覚えていた。たとえ一度挨拶を交わしただけの者であっても。

私は、彼女と結婚式の後のパーティで一度だけ会った。

父親と一緒にアレウスと私に挨拶をしに来たのだ。けれど、それ以来『どうしてか』一度も私の前に姿を見せなかった。

「まだご体調がよろしくないのではございません？　お顔の色がよくありませんわ。それともお化粧に失敗なさったのかしら？　陛下はお気にもなさらないでしょうけど」

「メリアンナさん、でしたわね？」

私が名を呼ぶと、彼女は一瞬たじろいだ。名前を知られているとは思わなかったのだろう。けれど彼女はすぐに胸を張って、自らもう一度名乗り直した。

「ええ。レガルザ侯爵家のメリアンナですわ」

メリアンナ・レガルザ。

彼女こそ、私の会いたいと思っていた女性。

「お身体がお弱いのでしたら、お国に戻られては？」

「王妃が国を空けることはできませんわ。それとも、メリアンナさんが私の代わりを務めるとでもおっしゃりたいのかしら？」

微笑んで問いかけると、彼女は鼻先で笑った。

「あなたが私の身代わりかもしれなくてよ。老人達がくだらない考えを起こさなければ、私がアレウス様の婚約者になるはずだったのですもの」

アレウスの婚約者候補とは知らなかったわ。

「では、あなたにも王家の血が流れている、と？」

「五代前の王弟殿下のお嬢さんが我が家にご降嫁なさったのよ」

自慢げに語る薄い王家の血筋。

「お父様は確か前財務大臣でしたわね」

わざと『前』を強調して言う。

「父は年齢的なことでの勇退よ。すぐに兄が重職に就くでしょうね」

「でもまだ就いてはいらっしゃらない」

アレウスの婚約者候補で、王家の血筋を自負し、父親はアレウス派で重職にあった。

では彼女は自分が王妃の椅子に手を掛けていると思っていたのでしょう。

私が自分を殺そうとした人間を見つけだそうと思った時、一番に疑ったのは当然辞めさせた侍女達だった。

侍女と王妃の立場は、比べるべくもなく王妃が上だ。

なのに彼女達は平気で仕事をさぼり、私が倒れた後に見舞いにも来なかった。ということは、彼女達は自分を守ってくれる者がいる、と思っていたはずだ。たとえ王妃が何かを言っても、罰を受けないようにしてくれるであろう人物を。

そう思って紹介状を取り寄せて見たら、全てがレガルザ侯爵家からの紹介だった。

適当に集めた者ではなく、全員が侯爵家が紹介した令嬢。

これはどう考えてもおかしなことだった。

私のことをどう思っていようと、王妃の侍女に自分の息がかかった者を置いておくというのは、有力貴族にとってはステイタスになる。

それをたった一人が独占していた。

手配はエアストがした、とアレウスは言っていた。だがそれをエアストがレガルザ侯爵に一任したのではないだろうか？　彼の娘を王妃の候補から外した詫びに。

アレウスの父であるタスラー王の妻は亡くなり、側妃も亡くなっていた。アレウスの兄であるアンセム王は未婚だった。

この城には、私が来るまで王妃はいなかったのだ。だからエアストがその任を他者に引き継がせても問題にはならなかったのでは？

私は、レガルザ侯爵を疑った。

けれど、王の名前を使ってお茶を贈るというのは杜撰な気がした。

王の名を騙れば調べがきつくなることはわかっているはずだ。普通ならば、王妃には毒味役がいるだろう。

……私にはいなかったけれど。

となると、フィリーナには毒味役がいなかったと知っている者、もしいたとしてもごまかせる者が企《たくら》んだことになる。

大臣まで務めた男が実行するなら、一気に毒を飲ませるより、少しずつ盛って弱らせた方がバレないだろう。

なのに、王の名前で毒を贈った。

「どうなさったの？　急に黙ったりして。王妃として社交術もならってこなかったのかしら？　それとも、ショックでした？　あなたが私の身代わりと知って」

アレウスは、私がオリーワと二人きりで城内を歩いていることを知っていた。

誰がそれを告げたのか？

気をつけてはいたけれど、誰かが見ていたのかもしれない。でも私には、花瓶を落とした女性の後ろ姿しか思い浮かばなかった。

メリアンナと同じ、金髪の女性の。

「いいえ、メリアンナさんにどんなお返しをしようかと考えていたんですの」

「お返し？」

「先日、結構なお茶をいただきましたでしょう？」

「私があなたに贈り物など……」

「まあ、お忘れですの？　ほら、赤い、鳥の絵の描かれた美しい箱に入っていた物ですわ。陛下のお名前をお使いになったのはご自分からと知られないようにした奥ゆかしさかもしれませんが、あれはいけませんわ。どのような時にも陛下のお名前を勝手に使われては、陛下の怒りを買うだけですもの」

彼女の顔は、それとわかるほど引きつった。

「花瓶をくださったのもわかってます。名乗らずとも、お姿を見せずとも、でもあれは王城のものですから、たとえメリアンナさんが『元』婚約者『候補』だったとしても、勝手をしてはいけませんわ」

目の前でメリアンナの白い顔が青ざめてゆく。

レガルザ侯爵も、私のことを憎んでいるだろう。せっかく自分が推していたアレウスが王となったのに、自分は財務大臣を退《しりぞ》かされ、娘は王妃になれなかった。

けれど毒と花瓶の実行犯でも計画者でもない。

公式なパーティの席で臆面もなく王妃に挑んで来る、短絡的な思考。彼女こそが計画者であり、実行者なのだ。

怒りなのか、恐怖なのか、彼女の扇を持つ手が震えていた。

「……何をおっしゃっているのかわかりませんわ。私は何一つあなたに贈ったりはしていません」

「そうですの？　では誰がなさったのか陛下にお願いして調べていただかなくては。結果次第では、あなたのお父様やお兄様にも関係するかもしれませんわね」

陛下に犯人を調べてもらって、あなたに関係があったら父親も兄も厳重な処罰を受けるでしょう、という脅し。

「これからは誤解のないように、私に贈る物は、直接私に届けるか、ちゃんとご自分の名前を添えてくださいね」

私は悠然と彼女に微笑みかけた。

相手がレガルザ侯爵ならば大事になるだろうが、多分、毒殺も花瓶もこの女性の衝動的な行動だ。

家や陰謀が絡んでいるのなら、騎士達にも陛下にも対策を相談するが、彼女一人の行動なら、これぐらい言っておけばもうおとなしくなるだろう。

「私は絶対にあなたに贈り物などいたしません」

彼女は怒ったように言い放つと、逃げるように席を立った。

害意のある人間は特定できた。これで少しは気持ちが楽になる。

毒の出所が見つからなかったのは、彼女の手腕というより慌てて相談した父親か兄が手を回したということろかもしれない。

「フィリーナ様」

聞き慣れた声に視線を向けると、リンナだった。

だが一人ではない。お嬢さん二人と一緒だ。

「まあリンナ。そちらはどなた？」

「ルーグ様のお姉様と、オリーワ様の妹様でいらっしゃいます。私が慣れぬ土地で友人も少ないだろうと、ルーグ様がご紹介くださって」

ルーグの名前を口にする時、彼女の頬が赤らんだのは気のせいではないだろう。

そして後ろに控える二人もそれに気づいて、彼女を優しい目で見つめている。

「そう。あなたはルーグ様に大切にされているのね。嬉しいわ」

「大切にされているわけでは……、あの方がお優しいだけですわ」

リンナが謙遜すると、ルーグの姉と紹介された方が一歩前へ出た。

「弟はリンナ様を大切にしていると思いますわ」

黒髪の、ルーグによく似た美人さんは、リンナが弟の恋人になることを歓迎しているようだった。

よかったわ。

けれど私はその隣に控えている私より年下のお嬢さんの方に目を向けた。

ふわふわの淡い金髪、線の細い少女。確かに、どことなく私に似ているわね。

「王妃様。騎士オリーワの妹でレティシアと申します。もしよろしければ私もお姉様達とご一緒させていただいてよろしいでしょうか？」

見かけの儚《はかな》さに比べてはっきりとしたもの言い。似てるかしら……？　私よりしっかりしていそうだわ。

「どうぞ。一人で退屈していたところでしたの」

「私はカロリーンと申します。騎士ルーグの姉ですが、今は嫁いでフォルテ伯爵夫人でございます」

オリーワの妹を確認してからもう一度ルーグの姉に注意を向ける。この二人が親しくしてくれるのならば、リンナは社交界に出ても私のような辛い目には遭わないだろう。

「フォルテ伯爵夫人。よろしければカロリーンと呼ばせてくださいな。そしてリンナだけでなく私ともお友達になってくださいさい。もちろん、レティシアも」

リンナとその二人が来てくれたお陰で、その後の私の時間はいつもと比べて大変楽しいものとなった。

誰も近づかないところに、自分だけが近づいていく勇気はなくても、誰か一人だけでも『王妃の友人』という立場を得た者が現れれば、置いていかれまいと考えるもの。

なので、数人の女性がおそるおそるではあるけれど、私達の会話に加わった。

モナス子爵夫人も、その中にいた。

久々に敵意のない女性陣に囲まれ、今日のパーティは大変楽しいものとなった。

これで、一つの憂いは終わったのだわと安心して。


「楽しくて、喋り過ぎてしまったわ」

宴が終わって部屋に戻った時、私は疲労を感じて長椅子に座り足を投げ出した。

「お行儀が悪い、というべきでしょうが、今日は見逃しましょう。フィリーナ様が楽しそうで、ようございました」

と言ってるリンナも疲れているように見える。

メイドにお茶を運ばせ、二人で一息入れる。

アレウスは、ダンスが終わってから一度も私に近づいては来なかった。退場の時に手を取って歩いてくれたけれど、もの言いたげな顔でこちらを見ながらも、何も言ってはくれなかった。

好き、って言えたけれど、何も起きなかったわ。

信じられない、で終わってしまった。

「今夜は本当に盛大なパーティでしたから、皆さんお疲れでしょうね」

リンナが思い出したようにふふっと笑った。

「考えていたのですが、カロリーン様とレティシア様を侍女にご指名なさってはいかがでしょう?」

「あの二人を?」

「ええ、とてもよい方達でしたし」

「カロリーンはいいけれど、レティシアはまだ若くない?」

「若いお嬢さんは王妃様の侍女になって、よき殿方と知り合うというのを喜ぶものですわ。夫人であるならば、夫の助けになると考えるでしょうし」

王妃の侍女は貴族女性の名誉職ですものね。

「もちろん、お二人の意思を確認してからですけれど」

「本人の意思を確認してからならいいわ」

レティシアに縁談を紹介する形になるのは、何となくオリーワに悪い気がするけど。

「レティシア様、今のフィリーナ様に少し似てらっしゃいましたね。物事をはっきりと言われる、珍しいお嬢様でしたわ」

「内緒だけど、オリーワにも言われたわ。妹に似てるって」

「ああ、ですからあの方はフィリーナ様に親しげにお声を掛けてらしたのですね」

そう言ったところで、リンナは小さな欠伸《あくび》をかみ殺した。

「……失礼いたしました」

「いいのよ。私も疲れてしまったわ。お風呂の支度は出来ているのでしょう？　今夜は一人で入るから、もうあなたも下がっていいわ」

「お一人で入られるのですか？」

「汗を流せればいいの。ゆっくり入浴するのは明日の朝にするわ」

リンナも、今夜は初めてルーグのパートナーとなった余韻を味わいたいだろう。早く一人にしてあげたい
「メイドは？」

「そうね……。髪は洗いたいからそれだけ頼むわ」

「……今夜だけですよ？」

侍女が複数いたら、リンナと気心が知れた幼馴染みでなかったら、もう少し抵抗されただろうけれど、彼女は私に甘いのだ。

「今日、お二人を紹介してくれたこと、あなたからルーグにお礼を言っておいてね」

彼女が恋人に声を掛ける理由をプレゼントして、私は彼女を見送った。

すぐにいつものメイドがやって来て、湯浴みの手伝いをしてくれる。

今夜は軽くでいいわと言うと、てきぱきと仕事をこなした。

バラの香油を湯船に垂らし、少しぬるいお湯にゆったりと浸かる。

心も身体も解《ほぐ》れて、心地よい眠気を感じた。

用意してくれた淡い水色のドレープの美しい絹の一枚を纏ってから彼女達を下がらせて一人になる。

今朝までだったら、一人になることは怖かった。誰かが本気で私を殺そうとしている、という事実に脅《おび》えていた。

けれどその正体がメリアンナだとわかったからもう安心だわ。疑われているとわかった彼女はおとなしくするしかないだろうし。

この国では久々の大きなパーティだったから、予定よりも随分遅くまで続けられた。私とアレウスが退室してからは、無礼講となりまだ続いているだろう。

緊縮財政だ、節約だと締め付けられ続けていた貴族達には丁度いい息抜きだから、存分に楽しんで欲しい。

よい気分のまま寝室へ向かい、途中でまだ片付けられていなかったお茶の支度を見て、テーブルの上の冷たくなったポットから紅茶を注いで枕元に持って行った。

それに一口だけ口を付けて、ベッドに横になる。

明かりを消すと、暗闇に浮かぶのはアレウスの姿だった。

アレウスが、ラドラスが貧しい国ではないと知った。私の言葉は真実だったとわかってくれた。

それならば、今日の私の言葉もいつか真実だったと思ってくれるかもしれない。

事実だったことを知っても、私に知らせず素知らぬふりをすることもできたのに、わざわざ真実だったと言ってくれたのだ。

やはり彼は正しい人なのだわ。ただ、女性が嫌いなだけ。

彼の母親が、ほんの少し恨めしかった。もしも彼女が側妃として清廉な方であったなら、彼の私に対する態度も少しは違っていたかもしれない。私を愛するかどうかは別としても、褒美で女性を抱くなどという発言はしなかっただろう。

きっと、母親としても彼に愛情を注いだわけではないのだろう。

この国は、ラドラスとは違う。

ラドラスが小さな国だからかもしれないが、王位継承の問題などなかった。

でもレアリアは大国で、この国から生まれる利権は計り知れない。だから、権力の最高峰を求めて争いが起きるのだろう。

もっとも、国が大きいだけに一度躓《つまず》くとその穴を埋めるのも大変になるのだろうが。

私が歩いた街は、きっとまだましなところだったに違いない。ルーグ達が足を踏み入れるのは危険だと言った場所、アレウスがお忍びで向かう街が、この国の現状なのだ。

そこには、私は行かせてもらえない。

いつか、私がどこへでも行けるようになればいいな。

もう、アレウスと歩くことはできないかもしれないけれど……。

アレウスのことを想《おも》うと、胸が締め付けられる。

私……、もう一度頑張れるかしら？

彼に振り向いてもらえるかしら？　それとももう、何をしても無駄かしら？

無駄だとしても、すぐに心を変えることはできない。もう、私の頭の中はアレウスでいっぱいなのだもの。

褒美などではなく、愛を持って触れてもらいたいと願うほど。

そんなことを考えながら、私は疲労の中眠りについた。


朝まで起きないだろうと思ったのに、誰かに呼ばれたような気がして、突然パッと目が覚めた。

暗い部屋。

眠る前に灯《とも》していた枕元のランプの明かりが寝室を照らす。

大きなベッド、明かりの輪の外に浮かぶ椅子とテーブル。何の違和感もない。もう見慣れた風景だ。

なのに、何だかぞわぞわした。

風呂上がりで髪をよく乾かしていなかったから、風邪でも引いたのかしら？　いつもならしっかり乾かしてもらうのだけれど、今夜は早くベッドに入りたくて簡単に拭ってもらって終わりにしてしまったから。

私は何かもう一枚羽織ろうと、そっとベッドを下りようとした。

その時、カチリという音が聞こえた気がした。ドアの方から。

ざわっ、と総気立ち、反射的にランプを消して音を立てないように部屋の隅に隠れる。

気のせいだわ。

気のせいよ。

そう思っていると、ドアが音もなく開いた。

隣室には明かりが灯っているのだろう、ドアの隙間から光が差し込む。その光の中に、人影が見えた。

心臓がうるさいほどに鳴り響く。

こんな時間に誰が訪れるというの？　王妃の寝室にノックもなく。

それが許されるのはアレウス一人だ。

けれどアレウスがここに来るわけがなく、光に浮かんだ人影は少なくとも二人であることを示していた。

怖い。

怖い。

怖い。

恐怖で身体が縮む中、何とか気合を入れて身体を動かそうとする。

その間に音もなく、一人、また一人と人影は侵入し、四人がベッドの周囲を囲んだ。

隣室には、まだ仲間がいるかもしれない。でもベッドにいないと気づかれたら部屋中を探されるかも。

殺人者はメリアンナだけではなかったの？　彼女が刺客を雇ったの？　私が間違っていて、もっと狡猾《こうかつ》な人物が動いていたの？

混乱している間に、剣を鞘《さや》から抜く音が微かに聞こえた。

僅かな光が剣に反射する。

そして、抜かれた剣は高く掲げられた後一斉にベッドのさっきまで私の眠っていた場所に突き立てられた。

「……ッ！」

殺された。

私は今殺されたのだ。

迷ってる暇はない。

私は気力を振り絞って隠れていた場所から飛び出し、隣の部屋へ走った。

「いないぞ！」

「あそこだ！　ドア」

「逃がすな！」

隣室には、見張りらしい男が一人残っていたが、剣は抜いていなかった。

剣を抜こうとしたが、その前にテーブルに残されていたお茶のポットを掴んで男に投げ付けた。

「誰か！　賊よ！」

声も嗄《か》れろとばかりに叫ぶ。

「助けて！」

「殺せ！」

「黙らせろ！」

廊下へ続く扉まで走り、開ける。

「助けて！」

という一言を言ったところで、見張りの男が投げた短剣が私の横に刺さった。

「叫べばすぐに殺す」

叫ばなくても彼等は私を殺すだろう。さっきの剣には迷いがなかった。

「動くな」

寝室からバラバラと剣を抜いたままの男達が出てくる。

このまま、ドアから廊下に飛び出してしまえばいいと思うのだけれど、彼等に背を向けることが怖かった。

今投げられた短剣のように、あの大きな剣を投げられたら……。掠《かす》っただけでも大怪我するだろう。

でも、ここに留まっていても殺されるに決まっている。

今の声でも、衛士は来ない。

放置されている私には、王妃宮の入り口にしか衛士が置かれていないから、そこまでは声が届かなかったのだ。

廊下に出て叫べは気づくかもしれないけれど、出る前に殺されるかもしれない。

一人が他の者達に目配せし、男達が私を囲むように広がる。

もうダメ。

せっかく転生して新しい人生を生きようと思っていたのに、ここで私の人生は終わるのだわ。

そう思った瞬間、ドアの外から伸びた手が、私を引っ張った。

「きゃっ！」

廊下に引き倒された私と入れ替わるように、誰かが室内に飛び込む。

「殺さず捕らえろ！」

響く声。

「一人も逃がすな！」

声を上げていたのは、ルーグだった。

その隣で、クレインとオリーワも剣を振るっている。

三人とも、白いシャツに黒いパンツという簡単な服装で、剣帯も着けていない。慌てて飛び出してきたという格好だ。

彼等には、近くに部屋を与えていた。だから声が届いたのだ。

目の前で、剣が当たる音がする。練兵場で遠く聞いていたよりも大きな音。擦り合った刃がシャーッと嫌な音を立てる。

剣が当たって、椅子の背もたれが壊れるのも見た。侵入者がテーブルを蹴り倒し、上にあった茶器が床に落ちて砕ける。

クレインの剣が、男の腕を切り裂き、血が流れる。

「フィリーナ様、お怪我は？」

オリーワが私に近づき、声を掛けた。

けれど返事はできなかった。怖くて、身体が強ばってしまって。

そのせいで彼は私が怪我をしたと思ったのか、剣を構えて男達を睨んだまま私の肩を抱いた。

「お怪我は？」

声が出ないので、私は首を横に振った。

「それでは……」

オリーワが何か言いかけた時、別の腕が私を彼から奪うように抱き寄せた。

「私の妻に何をしている！」

響く声。

アレウス……！

「陛下！　賊です」

オリーワが答えると、背後にいた人物、アレウスはオリーワの手から剣をもぎ取り、戦いに加わった。

踊るように、剣を翻しながらアレウスが敵を打ちのめす。

三人の騎士も強いとは思った。五人の男達に対して怯む様子もなかったから。けれど、彼はそれ以上に強い。

力が違うのだ。剣を打ち合わせると、その勢いで相手が吹き飛んでゆく。激しい打ち合いなのに、練兵場で見たのと同じく、彼は踊るようなしなやかさで敵を退けてゆく。

こんな時なのに、その姿を美しいと思ってしまった。

「陛下！　殺してはなりません！」

ルーグの注意を受けて、彼が剣を合わせた男を蹴り飛ばす。

「王妃様、これを」

剣を奪われて戦いに参加できなくなったオリーワが、どこから持って来たのかショールを掛けてくれた。

助けを求めるように、その手をしっかりと握る。

アレウスに目を奪われていても、殺されかけた恐怖が消えるわけではない。自分が殺されるというだけでなく、アレウスが怪我をするのではないかという不安も加わって、恐怖が増大してゆく。

アレウスが戦いに加わってからものの数分で全ては終わったけれど、身体は強ばったままだった。

ルーグとクレインが男達の服で彼等を拘束してゆく。

「進入路を調べろ。指示した者を問いただせ」

アレウスは指示を出すと私を振り向き睨みつけてきた。

騒ぎを起こしたことを怒っているの？

剣を握ったままの彼が怖くて、オリーワの腕を更に強く握る。

アレウスは、握っていた剣をオリーワの足元に投げ落とすと、彼から私を奪い取り、抱き上げた。

「報告は明日までにしろ」

そう言い置いて私をそこから連れ出し、騒ぎに気づいて廊下に出ていたリンナの前を通り過ぎて歩き続けた。

何も言わずに……。


王妃宮には、王が泊まるための部屋があることは知っていた。

けれど、それが使われることはなかったので足を踏み入れたことはなかった。

アレウスがここを訪れてもそのまま帰ってしまうし、もし泊まっていたとしても、そこに私が呼ばれることはないので。

私が連れて行かれたのは、恐らくその部屋なのだろう。

無言のまま入った部屋は、大きなデスクが置かれた執務室のような部屋だった。けれど彼はそこを突っ切ってその奥に運び入れた。

寝室だ。

大きなベッドの、抜け殻のように捲《めく》り上げられた布団の上に下ろされる。

彼は、ここに泊まっていたの？　だから私の声や、騎士たちの打ち合う音に反応して駆けつけてくれたの？

でも何故この部屋を使っていたの？

「何故オリーワと抱き合っていた。あれはお前を守るために戦うべきだっただろう」

怒っている声。

「怪我はないかと尋ねられて……。怖くて動けなくて、腕を握って……。抱き合ってなどいません……」

まだよく動かない口で、オリーワが罰せられないように私は必死に説明した。

すると彼は舌打ちし、私の手を取った。

「……アレウス？」

「すまなかった。まず最初にお前の無事を確かめるべきだった」

腕を探り、手首を持って腕を広げさせ身体を見る。まるで怪我の有無を確かめるかのように。

「……震えているな」

私の手を見て彼が言う。それとわかるほど、私の手は震えていた。わざと大袈裟《おおげさ》にしているみたいに。

「怖かったの……。死が目の前に来て……」

答えると、彼はいきなり私を抱き締めた。

温《ぬく》もりに包まれて、涙が零れる。ああ、ここは安全なんだ、と。

「怖かった……、怖かったの……」

「もう大丈夫だ。二度とあのような目に遭わせない」

力強い声に涙が止まらなくなり、私は彼にしがみついた。

「ベッドに剣を突き立てたの……、偶然目が覚めなかったら……」

こちらからしがみついたら、そんなつもりではないと突き離されるかとも思ったが、腕は優しかった。今そこにある脅威から守るようにそっと抱いてくれたままだ。

何も言わず、ゆっくりと私の髪を撫でてくれる。

身体に回った手は、あやすように軽く背を叩く。

静かな時間と安堵。子供のように扱われているうちに、涙も震えも止まり、少しずつ気持ちが落ち着いてくる。

するとベッドの上で彼に抱き締められていることが恥ずかしくなってきてしまった。

いけない。ベッドの上で抱きつくなんて、また誤解されてしまうわ。

「……ごめんなさい。もう大丈夫」

そっと胸を押し戻そうとしたが、彼は腕を緩めてくれなかった。

「謝るな。謝るべきは私だ。すぐにお前を守ることを考えられなかった。あの剣戟《けんげき》の音を聞きながらも、最初に目に入ったお前達の姿に動転してしまった。お前が他の男と抱き合っている姿に、頭に血が上ったのだ」

「アレウス？」

頭に血が上った？　王妃宮に賊が侵入したからではなく、私が他の男性と抱き合ってると思ったから？

「無事でよかった。まずそう言うべきだった」

額に彼の唇が押し当てられる。

これも子供扱い？　それとも……。

「あなたは……、私が嫌いなんじゃないの？」

「嫌ったのはお前の方だろう」

手の震えはまだ少し残っていたけれど、私は顔を上げて彼を見た。

視線が合うと、深い青の瞳が少し細められる。

「抱いた後に、こんな褒美はいらない、私は欲望を叶えただけだと言われた」

「それは……」

違うわ。嫌いだと言ったのではなく、『褒美』という言葉が嫌だっただけよ。

「だがパーティの席で、お前は私を好きだと言った。嘘はつかない、と」

「ええ……」

「だから考えてみた。お前の言うことが本当だったら、と」

ああ……。やはりこの人はちゃんと考えてくれる人だった。

「クレインがラドラスに行った時、お前の友人であるカドラス侯爵令嬢カロリナと会って話を聞いたそうだ。カロリナ嬢は、お前が私の肖像画を見て一目惚れだと喜んでいたと言ったらしい」

さっきカロリナの名前を出したのは、そのことを言おうとしていたの？

でもカロリナったら、そんなこと言わなくてもいいのに。恥ずかしいわ。

「兄達が反対しても嫁ぎたいとも言ったそうだな」

彼がふっと微笑む。

切なくなるほど優しい笑みに胸が苦しくなる。

「一目惚れされたのは初めてだ」

きっと知らないだけで何人もの女性があなたに焦がれていると思うわ。

「実際に会ったらがっかりしただろう。それとも、顔だけは気に入ったか？」

「顔だけがよければ、役者とでも結婚しますわ。嘘は言わないと誓ったので正直に申し上げますけど、肖像画のお姿に惹かれたのは本当です。でも嫁ぐと決めたのは、あなたが優しくて正しい人だと思ったからです」

「優しくて正しい？　会ったこともないのに？」

「会わなくても、噂は聞いていましたから」

「世間の噂では、私は無骨で冷淡で、王族らしからぬ男だそうだ」

「その噂は聞いていませんでした。私が知っているのは、戦争を終結させた亡きお兄様の遺志を継いで平和を求めたことと、突然与えられた王という立場に溺れることなく国を動かしているという話です。だからきっと、国を思う優しい気持ちと、戦争を悪と考える正しい心をお持ちの方だと思ったのです。そんな方のところへ嫁ぎたいと」

「それが真実ならば残念だ」

ズキりと胸が痛んだ。

意味はわからないけれど、『残念』という言葉が胸に刺さって。

「私は優しくも正しくもない」

私が悲しげな顔をしたからか、彼は言葉を補った。

「お前の理想とは違っていただろう」

「いいえ。思った通りの人でした」

「どこが」

彼は自嘲するように唇を歪めた。

「二年もお前を放置し、何度も死の危険に陥らせた男だぞ」

「放って置かれたのは誤解していたからでしょう？　あなたはそれを謝罪してくれました。それに私に死を与えようとしたのはあなたではありません」

「そう言ってくれるのはありがたいが、私は自分に責任があると思った。私がフィリーナに関心を向けなかったから起こった出来事だと。本当ならば今夜、お前の部屋を訪れるつもりだった。ラドラスはお前の言葉通り豊かな国だった。ではカロリナ嬢が言ったようにお前が私に好意を向けているのかどうかも確かめたくなったので」

「だから……、王妃宮にいたのですね？」

「そうだ。だが今夜はパーティも長引いたし、まだ自分の気持ちがはっきりしなかったので躊躇《ちゅうちょ》した。こちらに泊まったことは正解だったが」

また彼が私を強く抱き締める。私がここにいることを確かめるように。

「私は貴族の女性が嫌いだ」

抱き締めた手を緩めることなく彼が続ける。

「母が酷い女だったから。私が王位を継ぐことになった時に豹変《ひょうへん》した女達を見ていたから。

フィリーナとの結婚も、私が王として政務を行うために家臣達が私に従いやすくなるならと受けた政略結婚だった」

ええ、あなたはそう宣言したわ。

「高い金を払わなければ嫁いで来ないというフィリーナを、やはり金に汚い女だと思った。これみよがしに馬車を何台も仕立て、城に入ってからは贅沢三昧」

「それは違うわ」

「もうわかっている。それは私の勝手な想像だった。だがそれを差し引いても、王妃宮に閉じこもったままの女に興味は湧かなかった」

「あなたに従うことが正しいことだと思っていたの。余計なことはしてはいけないと。寂しくても、周囲に辛く当たられても、いつかきっとあなたとわかり合える日が来ると、何の努力もせずに待っていただけでした」

「だがお前は変わった。何故だ？」

「……毒を受けて死に瀕した時、このまま死にたくはないと思ったからです。何もせず、ただ待つだけで終わる人生は嫌だと思ったのです」

記憶の森の中で前世の『彼女』を見たから。

女性でも自ら動いて、輝いている『彼女』を見てしまったから。

「あなたに好かれていないのはわかっていたから、もう期待せずに自分でやりたいこと、やれることをしてみようと思ったのです」

「好かれていないと言うのは事実だな」

その言葉が痛くて俯くと、彼は私の顎を取って上向かせた。

「嫁いできたばかりのお前に興味はなかった。だが今は違う。自分の置かれた状況を調べ、横領を告発し、粗末な服で街を歩き、国を憂い、質素な食事を文句も言うことなく口に運ぶ。私に臆することもなく意見もする。そんな女性は初めてだった。一緒にいて楽しいと感じる女性も」

私を見つめる瞳に嘘は見えなかった。

私ごときに彼の嘘を見抜けるはずがないのだけれど。

でも今まで、彼は自分の感情を隠すこともしなかった。腹芸のできない人ね、と思ったことは覚えている。それなら本当に、私と一緒にいて楽しかったのかしら？

「だから手を伸ばしたのだが、あの夜は不本意だったのだろう？　つまりお前はもう私に興味をなくしたわけだ」

「違います！」

アレウスは目を細めた。

「お前の言うことはわからないな。結婚前は私に一目惚れだと言い、結婚してからは放置されても文句も言わず、抱けば私の欲望に過ぎないと言い捨てる。なのに嘘は言わないと前置きして好きだと言う。私を混乱させたいのか？」

「私の気持ちはずっと一つです。あなたを好きだから嫁いだのです。あなたを好きだから、孤独にも耐えたのです。今も好きだから、好きと言うだけです。あなたを好きだから……、褒美では嫌だった」

「何故？　褒美とは相手を喜ばせるものだろう」

「褒美とは、働きに対する褒賞です。私は……、私は……、触れていただけるのなら、あなたの心が欲しかった。私の気持ちも訊かず、ご自分の気持ちも口にせず身体を重ねるのは褒美でも何でもありませんでしたし、悲しいだけでした……」

「だがあの夜、お前は私を寝室に引き留めた」

「それは……、ただ離れがたかっただけです」

「側にいるだけでよかったと言うのか？」

「……はい」

アレウスは何故か困った顔をした。

「女が閨で男を引き留めるのはそういう意味だと考えなかった？」

指摘されて顔が赤らむ。

「……あの時には。途中で気づきましたが、お心があっての行動かと思って受け入れてしまいました」

答えると、今度は嬉しそうに笑う。

こちらが恥ずかしくなってしまうほどの優しい目で。

「では私に抱かれることは嫌ではなかったのか」

既に手が顎から外れていたので、恥ずかしさにまた俯く。

「……はい」

何でも正直に答えますなんて言わなければよかった。

的確な彼の質問は、私の気持ちをどんどん裸にしてしまうのだもの。

好かれていない人に、『好きです』『抱かれたのは嬉しかったです』と言わなければならないのは身を捩《よじ》るほどの羞恥だわ。

「心か……」

彼はポツリと呟いた。

「私はあの時、お前が自分を王妃として認めてもらいたいのだろうと考えていた。話をし、楽しくてお前に惹かれた。だから、王妃として認めよう、初夜の儀で果たさなかった夫の務めをここで果たそう。それがお前を喜ばせることになるだろうと考えていた。それはお前の言う『心がある』にはならないのだな？」

声は穏やかで、本当にわからないから訊いている、という感じだ。

もしかして、この方は愛情というものに疎いのかしら？　女性を嫌い、遠ざけてきて一度も恋心などというものを抱いたことがないのかしら？

「『務め』と言われては悲しいばかりです」

「褒美も、務めも嫌か。では先ほどの『心』を吐露しよう。さっきお前とオリーワが手を取り合っている時に私の心に芽生えたのは嫉妬だ。私の妻に触れるな、という気持ちだった。お前に触れることが許されるのは私だけだと思った。悋気《りんき》というこの心ならば、お前は受け入れてくれるのか？」

「……嘘です」

「嘘？」

「だって、あなたが私のことで嫉妬をするなんて……」

また顎を取られて顔を上げさせられる。

「私もお前に誓おう。嘘はつかない。私は言葉が足りないようだから、知りたいことはお前が私に訊けばいい」

真っすぐに私を見る、深い青の瞳に魅入られる。

私は、今まで何度『もしかして』と期待したかしら？

その度に落胆し、悲しみを味わった。

なのにまだ、私は『もしかして』を期待している。

「私を……、気に入ってくださったのは私があなたの役に立ったからですか？」

「それもある。利発で有能な女性だと認めた。だが個人として話せば話すほど、加速度的に惹かれてゆき、お前の口から『夫』と呼ばれると喜びさえ感じた。お前には、私の名前を呼んで欲しいと思っている」

「呼んでますわ……」

「もっと、だ。今も呼んでくれるか？」

「アレウス様……」

もう何度も呼んでいるのに、乞われて呼ぶと何だか恥ずかしい。

「『様』を付けずに。そう呼んでくれることもあっただろう」

「アレウス……」

深い青の瞳がきらりと輝いた気がした。

彼の口元に、笑みが浮かぶ。

「私をそう呼ぶのは、もうお前だけだな」

王は最上位に座しているから、本人以外の人は皆家臣。家族がいれば王を休み、人として接することもあるだろうが、彼には誰も残っていなかった。父も、母も、兄も。

私という妻以外。

「ずっと、私をそう呼んでもらいたいという『心』はどうだ？」

「……嬉しいです」

「ではこれからはそう呼んでくれるな？」

彼は私の髪を一房掬《すく》い上げ、唇を寄せた。

「あ、あの……」

髪の先なのに、その仕草にドキドキする。

ああ。この人といると、ドキドキしてばかりだわ。いい意味でも、悪い意味でも。

「呼べ」

「……アレウス」

もう一度名を呼ぶと、彼は嬉しそうに笑った。

「呼ばれて心地よいという『心』もある。お前も名前を呼ばれたいと言っていたな、フィリーナ」

私の名を呼ぶ響きが、いつもと違う。ゆっくりと、訴えるように呼ぶなんて。

「もう一度、お前に触れたい」

「触れているじゃありませんか」

だからこんなに胸が鳴ってるのに。

「言い方が悪かったな。もう一度お前を抱きたいと言っているんだ。今の私の正直な『心』は、お前を欲しいと思っている。他に理由はない。それでは許されないか？」

「……嬉しい理由だと思います」

何のしがらみもなく私を望んでくれるなんて、この上ない喜びだわ。

「これでいいのか？　それならば、キスをしたい」

「な……！　何を突然……！」

アレウスは当たり前のような顔をして言った。

「やりたいことを口にしたらいいんじゃないのか？」

「そうじゃありません」

やっぱりそうなのだわ。アレウスは恋愛というものに疎いのだわ。

お母様は政略結婚だったし奔放な方だったようだし、彼に近づく女性達は地位に目が眩《くら》む方達ばかりで女嫌いになってしまったから、恋愛に興味がなかったのよ。

「キスしてはいけないのか？」

「いえ……、それは……構いませんが……。それはどういう……」

最後まで言い切る前に、唇が重なる。

髪を撫でていた手がしっかりと頭を捕らえ深く口付けてくる。

こんなキス、したことがなかった。

この前にもキスはされたけれど、その時以上に激しくてクラクラする。

舌が唇をこじ開け、中に入り込む。

舌を絡ませ、吸い上げられる。

得体の知れない生き物を押し込まれているよう。なのに何度も舐《ねぶ》るように口の中を荒らす彼の舌に蕩《とろ》けさせられる。

口を合わせているだけだというのに、どうしてキスってこんなに頭を痺れさせるのかしら。

息もできないほどの長いキスが、ゆっくりと離れると、我慢していた吐息が漏れた。

「もっとしたいな」

「え……？」

「もっとフィリーナの唇を味わいたいと言ったんだ」

「あ……、あの……。待ってください」

「何だ？」

「どうして急にこんなことを……。そういう気持ちになって、女性ならば誰でもいいと思ったからですか？」

彼は眉を顰めた。

「男の方にはそういう時があるとは聞いています。でもそんなお考えならば……」

「そう来たか……」

彼はため息をつくと、今度は許可を取らず額に口付けた。

「どうしてお前の不貞を疑ったのか。こんな幼いと知っていたら疑うことなどしなかったのに」

「私は幼くなどありません」

「年齢ではない、中身の問題だ」

「中身も大人です」

憤慨して反論すると、彼は呆れたという顔になった。

「男が女を理由もなく求めるのは、愛《いと》しいと思うからだろう」

「い……！　愛しいって……、アレウスは恋愛に疎いのでは……」

「誰が言った？」

「だ……、誰がというわけではありませんが……。お言葉を……、その……、口になさらなかったので」

色んなことを口にしたけれど、一番欲しかった『愛している』の一言はくれなかったから。その言葉を使ったこともないのだろうと……。

「言葉か」

彼は難しい顔をした。

「私にとって『愛してる』というのは媚びる言葉にしか聞こえなかった。母も、他の女達も、そんなふうに使っていたからな。だからお前に使うのも躊躇《ためら》われる」

「真実の愛はそんなものではありません。……でも私がその言葉を口にするのは不快ですか？」

今度は驚いた顔になる。

「お前は私を愛しているのか？」

「私は、愛していない方に身を捧げたりしません」

「……そうだろうな」

次は悩むような顔。

彼は、感情がそのまま顔に出る人なのだわ。ただ、その感情がずっと冷たく固まったままだから、無表情だっただけで。

「言ってみてくれ」

しばらく考えた後、彼が呟いた。

女性の身から愛の言葉を口にするなんて恥ずかしいけれど、媚びる言葉にしか聞こえないと言った彼が望んでくれた。それはとても大切で重要な気がして、私の恥じらいなどその前では取るに足らないもの。

だから彼の目を見て、彼のシャツをしっかりと握って、私はその言葉を告げた。

「愛してます」

深海のような深い青の瞳に、泡沫《ほうまつ》のように光が過る。

「望まれたから口にするのではありません。私の真実の気持ちです。私はアレウスを愛しています」

腕が、私を抱き締める。

そっと、包むように。

「悪くない気分だ……」

抱き締められたせいで顔は見えなくなってしまったが、その声は柔らかかった。

「私も、お前を愛している。愛とは、本来こういう感情なのだろう。相手の機嫌を取るためではなく、相手を全て自分のものとしたいという。それだけではない、今まで酷い扱いをした分、謝罪もしたいし、優しくもしてやりたい。もっと話しもしたい。ずっと側に置きたい」

「あ……」

そのまま、彼はくるりと体勢を変え私をベッドに押し倒した。

「だが一番は、抱きたいという気持ちが止まらないということだろう」

「アレウ……」

再びのキス。

「何を……？」

「抱く。他の男がお前に手を出す前に」

「そんな人は……」

彼の手が私の夜着の上から胸に触れる。

それだけで身体が硬くなる。

「ルーグはあの侍女とまとまるだろう。クレインはやっとお前に好感を持った程度だ。だがオリーワは危ない」

摑むような強さはなく、形を楽しむようにやわやわとした動き。わざとなのか偶然なのか、胸を包んだ指が胸の先を挟む。

肩がざわりと粟立《あわだ》つ。

「彼の……、好きな人が私に似てるだけです……」

「ほう、そんな話もしたのか」

私も彼が好意を向けてくれているのでは、と疑ったから尋ねたのだが、それを言うとまたいらない誤解を更に深めそうなので黙っていた。

「その女よりお前の方がいいと言ったらどうする？」

「どうもしません」

顔が近づき、また首筋にキスされる。

「若く優秀な騎士だぞ？」

「いい人だとは思うけれど……。ん……」

きゅっ、と先を摘まれて思わず声が漏れる。自分の漏らした声が恥ずかしくて顔が熱くなる。

「賊と戦うよりもお前を優先していた」

「それは……、花瓶を落とされたことを知っていたから……」

「花瓶を落とす？　報告はないぞ？」

「練兵場からの帰りに……、上から花瓶を落とされて……」

「その時にオリーワが一緒だったのか」

「彼が……、練兵場へ行けばあなたが見られると教えてくれたの……」

弄《いじ》られて、濡《ぬ》れてくる。

まだ夜着も脱がされていないのに。

「あいつより私の方が好きか？」

「私は愛する人としかこのようなことはしません。ですから、私に触れられる人はあなただけです……」

「お前に触れられるのは私だけ、か。嬉しい言葉だ」

首筋がチクンと痛む。キスを受けただけなのに。

痛みを感じた場所に、彼が指を滑らせて笑みを浮かべる。

「何を……？」

「フィリーナが私のものだという印しを残している」

「印し？」

胸を包んでいた手が離れ、夜着の前を開けられる。

「あ」

寝ていたのだから、下着は着けていなかった。ぽろりと零れる乳房に、慌てて前を掻《か》き合わせる。

その手を取られて開かされ、無防備になった胸に顔を埋められる。

「あ……」

胸に、何度もキスされる。その幾つかは、チクリとした痛みを与えた。

「こうして痕をつけている」

キスで痕がつくの？　この小さな痛みのせい？

そのまま、彼は私の胸にキスを送り続けた。

「この前と……」

……違う。

もっと自分の欲を満たすように、あなたの望むことだけをしていたわ。

私はただそれを受けているだけでよかった。何もわからないままに翻弄されていればよかった。

けれど今は、優しくてささやかな愛撫《あいぶ》にもどかしさを感じてしまう。もっと、触れて欲しいところがあるのに、どうしてそこを避けているの、と。

「前は、この女なら抱いてもいいと思っただけだ。今は違う」

「……私はもうそう思えないのですか？」

だからこんなふうに弄ぶの？

焦らしているの？

「そうじゃない。愛する女を心ゆくまで味わって、全てを見たいと思っているからだ。恥じらうのも、戸惑うのも、感じているのも全て。……こんな気持ちで女を抱くのは初めてだ」

身体を離し、彼は私の胸に触れた。キスの時に痛みを与えた場所に。

既に痛みはないが、首の時と同じ触れ方だから、そこに彼が残した痕があるのだろう。

それから穏やかな笑みを浮かべ、上からじっと私を見つめた。

「初めて、心から信じ、愛せる女性に出会えた」

その言葉の重みを、私は知っている。

だから、その言葉を与えられることが嬉しい。

嬉しいけれど……。

真摯なその言葉とは裏腹に動き始めた彼の手に、喜びの余韻に浸る暇もなかった。

「あ……」

目を見つめたまま、彼の手が私の下肢に伸びる。

夜着のスカートを捲《めく》り、脚の間に差し込まれる。

下穿きは付けていたけれど、ウエストの紐《ひも》で落ちるのを留めているだけのものだから、その紐を解かれてしまったらただ布を纏っているだけになってしまう。

前の時には簡単に脱がしてきたのに、彼は紐を解いて緩んだ布の中に指を入れてきた。

「抵抗したい顔をしている」

抵抗ではなく恥じらいだけれど、顰めた私の顔を見て言った。

指は下生えを探り、敏感な場所に触れる。

「あ」

その突起の部分だけを優しく指で弄る。

「や……っ」

じわりと快感が滲《にじ》み出る。

喘《あえ》ぐ自分の顔を見られたくなくて顔を背けると、強引に顔を摑まれて戻された。

「見ないで……」

「何故？」

「恥ずかしい……」

「こんな時、女は媚びる顔を見せたがるものじゃないのか？」

「他の人と比べたりしないで……！」

怒ったように言うと、彼は無表情になってしまった。

気分を害させてしまった？

「比べたわけじゃない。お前が他と違うことを確認しただけだ」

「あなたが知ってる女の人のことなんて考えたくありません……。だって……、そういうことをしたから覚えてるのでしょう……？」

「嫉妬されるのも悪くない。だが今のは女の噂話《うわさばなし》だ。感じてるフリをしていれば男は簡単だそうだ」

「私にはそんな余裕は……、あ……ッ、ダメッ！」

指が中に挿入《はい》るから、思わず彼のシャツにしがみつく。

「これだけで？」

指が、入り口近くで動く。

「だめ……、動かさないで……」

浅いところで指が動く。

意地が悪い。

本当に私の反応を見ようというのだわ。

「……ンンッ」

でもそれを咎める声も出ない。

声を出したら、恥ずかしい喘ぎ声が止まらなくなってしまう。

刺激に、身体が疼《うず》く。もっとして欲しいような止めて欲しいような。

どうしたらいいのかわからなくなって両手で顔を隠す。

「顔を隠すな」

「……や」

「フィリーナ」

「いやで……、あ……、ン。やぁ……」

思った通り、口を開くと声が止まらなくなる。

恥ずかしくて、恥ずかしくて、涙が滲《にじ》む。

「フィリーナ」

彼の手が、私の手を引《ひ》き剝《は》がす。同時に、下を弄っていた手が止まった。

「泣くほど嫌か？」

「恥ずかしいのです……。お願い、こんなふうに……、遊ばないで……」

「遊んでなどいない。お前が気持ちよくなるようにしてやりたいし、私で悦《よろこ》ぶ顔が見たいだけだ」

「こんな顔……、見せたくありません……」

こんな淫らな顔。

あなたを求めている浅ましい顔だもの。

「何故だ」

「……みっともない顔をあなたに見られたくない」

「みっともない？」

「もういいから見ないで……！」

摑んでいた彼の手を振り払い、私はまた顔を隠した。

「……なるほど。お前は異常なほど恥ずかしがり屋なわけだ。よくわかった」

彼はシャツを脱ぎ捨て、剝き出しの私の胸にまた顔を埋めた。

「あ……！」

今度はキスじゃない。

胸の先を口に含み、吸い上げてくる。

もう一方の胸には指が置かれ、少し乱暴に摘まんで揉み始めた。

「だめ……っ」

「顔は隠しても、一度も私を押し戻したりはしなかった。だから好きにさせてもらう」

さっきまでとは違う激しい愛撫に、身体が反応する。

「あ……ん……っ。や……」

触れられていない下半身に熱が集まる。

身体は既にそこに与えられる快楽を知っているから、それを待っているかのように熱くなる。

それを求める気持ちが湧いてきてしまう。

けれどそれを口に出すことはできなかった。

……恥ずかしくて。

「あ……、は……ぁ……」

私の気持ちがわかっているのかいないのか、アレウスは下には手を伸ばさず、変わらず胸を責め続ける。

指は強弱を付けて弄り、捏《こ》ね回す。

膨らみを撫で、感触を確かめる。

舌は先を転がすだけでなく、軽く歯を当てたり、吸い上げたりしながら痕を残す痛みも与える。

執拗《しつよう》な胸への愛撫と、下に触れてもらえないもどかしさに、身体が疼く。

「あ……」

受ける愛撫に力が抜けてゆく。

体温がどんどん上がって、身体が溶けてしまいそう。

呼吸をする度声を上げ、もう我慢もできなかった。

アレウスが顔を上げ、再び私の顔を見る。でももう顔を隠す気力もない。

「やぁ……、んん……ッ」

指が胸から離れて下に下りる。

再び秘部に触れ、襞《ひだ》を割る。

「濡れたな」

溢れた蜜を指で確かめながら、奥へ差し入れる。

「あ……っ」

待っていた場所に触れられて、また蜜が溢れた。

激しく抜き差しされ、身体が震える。指を咥《くわ》えた場所が、痙攣《けいれん》する。

「あっ、あ……っ。それだめ……」

喘ぐ顔を見つめたまま、彼は「こちらが我慢できないな」と呟いた。

指が抜かれ、彼が離れる。

少し間が空いて、脚が開かれ彼の身体が間に移動する。

愛撫が止《や》んで、力が抜けた身体に彼が当たった。

「あ」

グッと押し入れられ、思わず身体が起き上がると、剝き出しになった自分の身体と全裸の彼が見えてしまった。

離れた後に間が空いたのは、彼が下を脱ぐためだったと知った。

自分の脚の間に吸い込まれるように繋がる彼の肉塊を見て、私はパッと目を反らした。

見てはいけないような気がして。

「締め付けるな」

と言われても自分の身体を操ることなどできなかった。

初めて直視した男性器は想像以上に大きくて、身体が竦《すく》む。

「フィリーナ」

「いや……っ、待って……！」

膝裏を抱え上げられ、彼が近づく。

「だめ……ぇ」

私に当たっていたソレは、深く突き入れられた。

感覚が、頭を突き抜ける。

「んん……ッ」

身を捩って逃れようとしたけれど、無駄な努力だった。

「あ、あ、あ、あ……」

グッ、グッと何度も突き入れられ、彼が深く入ってくる。

呑《の》み込《こ》む、という表現が合っているのだろう。私の身体は外から侵入してくる肉塊を受け入れていた。

内側が広げられる感覚。

上手く呼吸ができなくて、目眩がする。

「アレ……、苦し……」

助けを求めて彼に手を伸ばすと、彼はその手を取って口付けた。指先に、手のひらに、腕の内側に。

唇が当たる度にゾクゾクして、彼を締め付ける。でも中にあるモノは大きくて締めることもままならない感じだった。

身体が揺らされ、更に奥へ。

「あ……」

奥へ。

抱えられた脚が解放され、更に奥へ。

どこまで入ってくるの？　私の身体はそんなに受け入れられるものなの？

意識の隅で感じていたこの間とは違う、生々しい感覚。

何とか保持する呼吸の度に、下半身がビクつく。

彼の肌が私の腰に密着する。

ああ、全てが私の中に収まったのだわ。だから肌が密着したのだ。

「フィリーナ」

彼が、身体を倒して私に重なる。

彼の汗の匂いが鼻に抜けて、頭がジンと痺れた。

と思った瞬間、深く突き上げられる。

「あッ！」

もうこれ以上入らないという奥の内壁に彼が当たる。

「ひぁっ！」

当たる度に全身の神経に甘い痺れが駆け抜ける。

「や……、だめ……。アレ……」

前と違う。

全然違う。

もっと甘くて、蕩けてしまう。

身体の中心に疼きが集まり、それを彼が突き破る。貫かれる度に疼きは快感に変わり、弾けるように身体の隅々にまで広がってゆく。

指先が、胸の先が、敏感になって、僅かに彼の肌が擦れるだけでもそれが愛撫となる。

頭が、白く灼《や》ける。

何かが来るという予感に、鳥肌が立った。

「……アッ！」

もう一度、彼が深く私を突いた時、それは訪れた。

「アレウス……、アレウス……！」

耐えるために固く閉じた瞼の裏に光が散る。

目の前の身体にぎゅっとしがみついて、彼をきつく締め付ける。

味わうようにヒクつくのが止まらない。

私がイッたとわかったはずなのに、彼は更に何度か私を貫いてから中に放った。

「……ふ」

繋がったまま倒れて来る重たく熱い身体。

耳元に届く熱い吐息。

疲れ果てた私の唇に彼の唇が重なる。

「性欲を果たすだけが女を抱く意味だと思っていた。こんな幸福感を得られるとは思ってもいなかった」

もう一度キス。

「お前の全てを手に入れられた気分だ」

目の前で、彼が笑った。

見たこともない全開の笑顔に胸が締め付けられる。

繋がったままだった私の身体が、それをそのまま彼に伝えてしまう。

すると今度は、ちょっと意地の悪い笑みに変わった。

「同じ気持ちのようで嬉しい。ではもう許可を取る必要はないな？」

「許可……？」

「もう一度のだ」

「こんなに凄いことをもう一度するの？」

たった今ようやく薄らいできた快楽の嵐を思い返して思わず聞き返すと、彼はまた見たこともない顔で笑った。

「満足させられてよかった。だが残念ながら私はまだ満足していないのだ」

アレウスが半身を起こすと、ずるり、と彼が中から抜ける。

「……っ」

その感覚がまた私を煽《あお》る。

「夜明けまではまだたっぷり時間があるようだからな」

満足するほどの快感を得て、疲労すら感じているのに、その言葉が嬉しいと思ってしまうのは、きっと私もそれを望んでいるからね。

もう一度、アレウスが私を見つめていることを、求めていることを全身で感じたいと。

「……頑張ります」

私の返事にまた笑った彼と、気持ちが通じ合えたと実感したいのだと……。


翌朝、目を覚ますと私は一人でベッドに横になっていた。

全ては夢だったのかしらとも思ったが、そこが自分の寝室ではなく、服を纏っていない自分の姿を見て、現実だと実感できた。

何より、自分の身体に残る彼の残した痕が、それを教えた。

白い胸に残る赤い斑《はん》。

身体の芯に感じる彼の居た気配。

「私……、アレウスに愛されたのだわ……」

小さく呟くと、喜びで涙が浮かんだ。

「起きたか」

声がして、ノックもなく彼が入って来る。

私は慌てて布団をたぐりよせて身体を隠した。彼は既に服を調えていたので、裸のままでいることが余計に恥ずかしい。

「自分で身支度ができるか？」

「はい」

「それはよかった。侍女から服を預かってきた」

彼は新しい部屋着と下着をベッドの上にポンと置いた。

「着替えるといい。腹が減っただろう。茶と軽食を取ってくる。着替えるところも見たいがお前は恥ずかしがり屋だからな」

からかっているのか本気なのかわからない言葉を残して、彼はすぐに部屋を出て行ってしまった。

部屋には陽が差し込んでいるけれど、いったい今何時なのかしら？

それより彼が戻って来る前に服を着ないと。

気怠さの残る身体を何とか動かして下穿きを身につけ薄い部屋着を纏う。

淡いピンクのガウンも添えられていたので袖を通してベッドに座ったところでアレウスが戻ってきた。

「身体は大丈夫か」

小さなテーブルにお茶とサンドイッチの載ったトレーを置き、私の隣に腰かけると、私の頬にキスをした。

「え……」

「何を驚いている。夫が妻にキスするぐらい当然だろう？　それとも唇ではなかったから不満だったのか？」

「そんな……。その、朝のキスなど初めてなので……」

「では慣れるまで習慣にしよう。もっとも、これは朝のではなく昼のキスだがな」

「お昼？」

「私が疲れさせたようだ。もう昼を過ぎている」

だから身体を気遣ってくれたのね。

彼はじっと私を見つめてから、ふっと笑った。

「お前は変わらないな。私を虜《とりこ》にしても、自惚《うぬぼ》れるところがない」

「……あなたは私の虜になったのですか？」

「ああ。だから配膳係も喜んで引き受ける」

トレーを載せたままテーブルを引っ張ってきた。これは配膳ではないわね。

「ありがとうございます。でもその前に、昨夜のことは……。リンナは無事でしたでしょうか？」

「侍女には昨夜のうちにルーグが女騎士を付けた。今はルーグに面倒を見させている」

「まあ、ありがとうございます」

「引っ越しの支度をさせるためだ。礼を言う必要はない」

「引っ越し？」

「昨夜お前を側に置きたいと言わなかったか？　愛し合った夫婦となったのだからもう別れて住む必要はない。本宮に移らせる。もっとも、お前の侍女はそう遠くないうちに別の家に引っ越すかもしれないがな」

「もしも二人が結婚するとなったら、お許しいただけます？」

「もちろんだ。他のことについても説明してやろう。食べながら聞くといい」

「はい」

昨夜、私が寝てしまった後、彼は私を置いて部屋を出たらしい。

全く気づかなかったけれど。

そこでルーグ達三人を呼び出した。

刺客は全員生きたまま捕らえて牢《ろう》に投獄され、調べは既に執り行われていたが、怒り心頭だったアレウスは自ら取り調べに加わり、彼曰《いわ》く『丁寧な』尋問で彼等はレガルザ侯爵に金で雇われた人間だと白状させた。

金で雇った者の口は軽いだけだと彼は嘯《うそぶ》いたけれど、それって絶対、丁、寧、な尋問の成果だろう。

そのままレガルザ侯爵を捕らえ、侯爵も今は投獄中らしい。

レガルザ侯爵は、元から要注意人物だった。

アレウスの王位継承には前向きだったが、彼は侯爵が王位に食指を動かしていることを知っていたので、自分が王位に就くと彼を排除した。

扱い易い日陰者の弟に取り入ろうとする者には二つの派閥があった。一つは自分の一族に取り込み、いつか自分の一族の中から王を出そうとする者。

自分の娘をアレウスの嫁にし、己の孫を王にしようとしていた一派だ。

もう一つは誰が王になろうと関係なく、自分達が王を操れればいいと考える者。

王の権威を維持したまま自分達の地位を確固たるものにしようとする者。

究極の二択で、アレウスは後者を選んだので、王位を狙う一派は失脚した。

傀儡《かいらい》の王を望んだ者達は、この国とかかわりが薄く、王家の血を守るために私を王妃にと推した。

婚姻の使者に立った者は、ラドラスの豊かさに驚いただろう。そしてラドラスにレアリアを乗っ取られ、自分達の地位を失うことを恐れて事実を隠蔽したのだ。

「にしても、レガルザはそこまで愚かに見えなかったが、何故動き出したのか」

「私、メリアンナが犯人だと気づいて、パーティで指摘したの。レガルザ侯爵はきっと娘からその報告を受けて動いたのね」

「……犯人の目星がついたら何故私に言わなかった」

「あなたはこちらに来なかったから、言いたくても言えなかったのです。証拠もないので、信じてもらえないかと思っていましたし」

　睨まれて言い訳すると、彼も納得せざるを得ないように口を曲げた。

「……ルーグ達に伝えさせればいいだろう」

「夜に彼等を部屋に招くことはしません」

　でもその返事は気に入ったようだ。

「レガルザ家は末端でも王家の傍系だ。取り潰すことはできないので、伯爵に降格し、領地替えで終えることにするが、不満はあるか？」

「いいえ、寛大なご処置を感謝します」

「まだ私には力が足りない。大臣達にはまだ私を利用しようとする者も多い。年寄りは邪魔だが、失うことはできないのだ」

「でしたら、新しい役職を作ってはいかがでしょう？　親衛隊とか、王妃の警護騎士団とか、適当な役職を作って優秀な人達を集めるのです。そこで人物を見極めてから政務に就かせればあなたの味方が増えるでしょう。アレウスは軍部には好かれていますし、まだ南部では小競り合いが続いているとか。その度に軍を連れ出すと王都の守護がおろそかになるからと言えば反対しないのではないでしょうか？」

「自分達を守ってくれる者だと思えば年寄りも口をはさまない、か。悪くはないが、新たな軍を作るには金がかかる。恐らく出し渋るだろうな」

財政が思わしくないのはわかっているけれど、私には一つ考えがあった。

「父は、娘を金で売ったと思われたくないから持参金には手を付けないと言っていました。それを借りては？」

アレウスは難しい顔になった。

「お前を娶るために出した金だ」

「でもあなたは私をお金で買うわけではないでしょう？」

「当然だ。愛しているから妻にした」

……うう、面と向かって言われると恥ずかしいわ。

「返せと言うわけではありません。借りるのです。しかも相手は義理の父ですもの」

「返すアテもないのに借りるのは詐欺だ」

「返せますわ。あなたが国王なのですから。私は陛下を信頼しています。それに、私も助力いたします」

「助力？　どうやって？」

「商売です。大きな商会ではなく、まだ小さいけれど才のある商会と組むのです。ラドラスとの道を整備し、ラドラスと交易させる。北の小国との交易など気に掛ける貴族はいないでしょう。わかっていて無視していた人々には王妃の母国だからだと言えばいいのですわ。それに私にはまだもっとやってみたいことがあるんです」

私の中の『彼女』の知識で使えるものはまだまだある。

「あの小さなパンやパッチワークキルトみたいにか」

「はい。絶対とは言えませんが、自信はあります。陛下に信じていただければ、ですが」

「陛下はよせ、アレウスと呼べ」

「今はお仕事の話ですから……」

「どんな時も、だ。お前は嘘を吐かないと言った。その口で語ることが嘘だとは思えない。何より愛する者の言葉を信じないのは裏切りだ」

裏切りだなんて、大袈裟な。

けれど彼の真摯な気持ちに嬉しくなる。

「それにオリーワに脅されたしな」

「オリーワ？」

「あの男、王にケンカを売った」

憤慨したようなセリフ。

まだ疑っているのかと笑い飛ばしたけれど、彼は真剣だった。

「そんなまさか」

「お前が王妃でいる限りは私達に忠誠を誓うが、もしお前が王妃でなくなったらお前を見る目が変わるかもしれないと言った」

あり得ないわ。だって彼は妹さんが好きなはずだもの。それは教えられないけど。

「今はまだ邪《よこしま》な気持ちなど抱いていないが、お相手のいないフィリーナに対してどうなるかはわからないと」

思い出すだけでムカつく、という顔。

「彼は優しい人だから、私のために少しだけあなたにクギを刺してくれただけよ。本気ではないと思うわ。あなただってそう思うから、彼を罰しなかったのでしょう？」

「本気じゃないとは思っていない。騎士の任を解いてやりたいくらいだったが、今お前の側から信頼のおける者を外すことはできないから我慢しただけだ。よからぬことを企む者はまだいるかもしれないからな」

彼は私の手を取りグイッと引っ張って抱き寄せた。

すぽっと身体が彼の胸にはまってしまう。

「クレインのヤツも、お前は無事かとしつこいほど訊いてくるし」

「まあ、クレインが？」

思わず弾む声を出すと、彼の顔が更に不快そうに歪んだ。

「……嬉しそうだな」

「だって、ずっと警戒されてましたから。気遣ってくれるほど親しくなれたのは嬉しい出来事です」

「私は他の男がお前のことを口にする度に腹を立てそうだ」

「それは……、わかります。私だって、他の女性がアレウスは素敵と言ったら胸が痛むと思いますもの」

「そうなのか？」

この人が何を考えているのかわからないと思った時があったなんて、もう昔の話だわ。

私だって嫉妬すると伝えただけで笑みを浮かべてくれるのだもの。

「当然です」

「そうか。だがその心配はしなくていい」

顔が近づき、コツンと額が当たる。

「何度でも言う。お前だけが特別で、私はお前を愛している。お前がいなくなったら、私はまたつまらない男に戻ってしまうだろう」

「アレウスはつまらない男などではないわ」

軽く首を振って私の言葉を否定した後、更に顔が寄せられ鼻先が当たる。

「冷たい男だった。知る努力も怠った。そんな私を、地位や権力に媚びることなく、対等に話し、怒り、愛してくれるお前は希有《けう》の存在だ。お前以外の女など目に入らないのだから心配することはない」

最後に唇が触れてキスになる。

「絶対に誰にも渡さない」

こんなに愛されていいのかしらと思うほどの愛情を向けられて、驚きと共に喜びが溢れてきた。

向けられた背中に涙したのが嘘のように、しっかりと私を捕らえてくれる腕の温もりに溺れてしまう。

強引で誠実なこの人に愛されているという実感。

ええ、もう疑わないわ。

私はアレウスに愛されていると、皆に言いましょう。あなたはとても素敵な人だって。

「ではあなたも、どうか心配しないで。私が身も心も捧げる相手はただ一人」

もう背を向けられても悲しむことはない。自分の足でついていけばいい。私からその腕を取ればいい。

きっとあなたは振り向いて笑ってくれるでしょう。

「愛する、アレウスだけなのですから」

そう確信して、初めて私から彼にキスをした。

途中から『彼のキス』になってしまったけれど……。

# あとがき

皆様、初めまして。もしくはお久し振りです。火崎勇です。

この度は『転生したら軍人王の王妃になってました！　やりなおし王女の逆転新婚生活』をお手にとっていただき、ありがとうございます。

イラストのＣｉｅｌ様、素敵なイラストありがとうございます。担当のＮ様、色々ご苦労様でした。

さて、今回のお話、いかがでしたでしょうか？　ここからはネタバレもありますので、お嫌な方は後回しで。

今回のお話、まあ書き上がるまでに色々ありましたが、書きたかったのは『俺の妻に何をしている』というアレウスの一言です。

それまでのことを考えると、何言ってるんだですけどその一言で彼の心が決まったみたいな感じです。

で、アレウスとフィリーナですがこれからどうなるでしょうか？

フィリーナの中にはまだ前世の記憶がストックされてるので、世界をよくするための知識がいっぱいあります。

で、アレウスにもいつかそのことを話すでしょう。そしてその知識を生かして、フィリーナの父親からお金を借りて、国内を改革してゆくことになります。

でもそうするとフィリーナのお兄さんが様子を見に来て、妹が蔑ろにされてた噂を聞いて一悶着あったりして。今はラブラブなので安心でしょうけど。

レアリアとの間にちゃんとした道路も引いて、交流もしっかりしていきます。

もちろん、ルーグとリンナは結婚します。オリーワは……、無理ですが、彼はちゃんと妹にいい話があれば祝福します。

ただ、アレウスはずっと彼を警戒してるでしょう。（笑）

で、主人公二人です。

もう理解し合ったわけですから、幸せ真っすぐです。揃って社交をしたり、一緒にお忍びで街に出たり、城の中でも二人っきりで過ごす時間が増えたり。

でも、それでは面白くないので、社交をするようになって人と会う機会が増えた二人に惹かれる者が現れて恋の鞘当てとか？

でもアレウスは元々女性嫌いだから、あんまり問題は起きないかな？　色っぽい女性が迫っても、むしろ母親を思い出して毛嫌いしそうだし。純真な女性はアレウスが怖くて近づかないだろうし。

フィリーナの方は、国内ではアレウスが怖いからちょっかい出す人はいない。外国の人間でも、アレウスががっちりガードするだろうし。

ならばレアリアへ兄の友人であり、彼女に恋していた幼馴染みの貴族がやって来る。フィリーナも彼に懐いていて親しくするが、アレウスも嫉妬はするが友人だと思えば邪魔はできない。嫉妬で夜にはちょっと激しく愛してしまうけど。

一方幼馴染みは噂でフィリーナがあまりよくしてもらってないと聞いて、自分の方が幸せにできると迫り始める。

オリーワが気づいて邪魔してくれるが、フィリーナは気が付かない。

でもいつかアレウスに我慢の限界が来ると、終に相手の前でもイチャついて、伝家の宝刀『俺の妻』が出てしまう。

「妻に親切にしていただいてありがたいが、私は嫉妬深いのでほどほどに願います」

もうアレウスはベタ惚れの愛妻家ですからね。はっきり言いますよ。

フィリーナとしてはその言葉が嬉しくて頬を染めるので、幼馴染みは撃沈。すごすごと引き下がるしかありません。御馳走様って感じです。

さて、そろそろ時間となりました。それでは皆様またの会う日を楽しみに御機嫌好う。

火崎　勇

# 原稿大募集

ヴァニラ文庫では乙女のための官能ロマンス小説を募集しております。
優秀な作品は当社より文庫として刊行いたします。
また、将来性のある方には編集者が担当につき、個別に指導いたします。

## ◆募集作品

男女の性描写のあるオリジナルロマンス小説（二次創作は不可）。
商業未発表であれば、同人誌・Web 上で発表済みの作品でも応募可能です。

## ◆応募資格

年齢性別プロアマ問いません。

## ◆応募要項

・パソコンもしくはワープロ機器を使用した原稿に限ります。
・原稿は A4 判の用紙を横にして、縦書きで 40 字 ×34 行で 110 枚 ~130 枚。
・用紙の 1 枚目に以下の項目を記入してください。
①作品名（ふりがな）/②作家名（ふりがな）/③本名（ふりがな）/
④年齢職業 /⑤連絡先（郵便番号・住所・電話番号）/⑥メールアドレス /
⑦略歴（他紙応募歴等）/⑧サイト URL（なければ省略）
・用紙の 2 枚目に 800 字程度のあらすじを付けてください。
・プリントアウトした作品原稿には必ず通し番号を入れ、右上をクリップなどで綴じてください。

注意事項

・お送りいただいた原稿は返却いたしません。あらかじめご了承ください。
・応募方法は必ず印刷されたものをお送りください。CD-R などのデータのみの応募はお断りいたします。
・採用された方のみ担当者よりご連絡いたします。選考経過・審査結果についてのお問い合わせには応じられませんのでご了承ください。

## ◆応募先

〒100-0004　東京都千代田区大手町 1-5-1　大手町ファーストスクエアイーストタワー
株式会社ハーパーコリンズ・ジャパン　「ヴァニラ文庫作品募集」係

# 転生したら軍人王の王妃になってました!やりなおし王女の逆転新婚生活

Vanilla《ヴァニラ》文庫

2022年12月20日　第1刷発行　定価はカバーに表示してあります

著　者　火崎 勇　©YUU HIZAKI 2022
装　画　Ciel
発行人　鈴木幸辰
発行所　株式会社ハーパーコリンズ・ジャパン
東京都千代田区大手町1-5-1
電話　03-6269-2883（営業）
0570-008091（読者サービス係）
印刷・製本　中央精版印刷株式会社

Printed in Japan ©K.K. HarperCollins Japan 2022 ISBN978-4-596-75763-0